André Noël
PIERRE ET AHONQUE

Illustrations
de Francis Back

la courte échelle

Les éditions de la courte échelle inc.
160, rue Saint-Viateur Est, bureau 404
Montréal (Québec) H2T 1A8
www.courteechelle.com

Dépôt légal, 1er trimestre 2014
Bibliothèque nationale du Québec

La courte échelle reconnaît l'aide financière du gouvernement du Canada
par l'entremise du Fonds du livre du Canada pour ses activités d'édition.
La courte échelle est aussi inscrite au programme de subvention globale
du Conseil des arts du Canada et reçoit l'appui du gouvernement
du Québec par l'intermédiaire de la SODEC.

La courte échelle bénéficie également du Programme de crédit d'impôt pour
l'édition de livres — Gestion SODEC — du gouvernement du Québec.

**Catalogage avant publication de Bibliothèque et Archives
nationales du Québec et Bibliothèque et Archives Canada**

Noël, André

    [Romans. Extraits]

    Pierre et Ahonque

    Chaque œuvre a été publié séparément en 2000.
    Sommaire : L'orphelin des mers — Les bois magiques
    —Trafic chez les Hurons.
    Pour les jeunes de 9 ans et plus.
    ISBN 978-2-89651-623-0

I. Noël, André, 1953-   . Orphelin des mers. 2. Noël, André,
1953-   . Bois magiques. 3. Noël, André, 1953-   . Trafic chez
les Hurons. I. Titre. II. Titre : L'orphelin des mers. III. Titre :
Les bois magiques. IV. Titre : Trafic chez les Hurons.

PS8577.O344P53 2014   jC843'.54   C2013-942524-1
PS9577.O344P53 2014

Imprimé au Canada

André Noël

Né à Montréal, André Noël est journaliste et enquêteur. Il a reçu de très nombreux prix pour la qualité de ses reportages, dont cinq prix Judith-Jasmin. Il a également écrit un roman pour les adultes, *Le seigneur des rutabagas*, ainsi qu'un best-seller sur la mafia (avec un ami).

André Noël est un passionné des sports de plein air. Ce qu'il aime par-dessus tout, c'est faire de longues expéditions en canot, en vélo, en ski... ou à pied.

Francis Back

Né à Montréal, Francis Back a étudié à l'École des Beaux-Arts de Bâle, en Suisse. Passionné par l'histoire du Québec, il a participé à de nombreux projets de livres scolaires et à la production de films historiques. Francis Back aime aussi illustrer des romans pour les jeunes où il donne libre cours à son imagination.

Du même auteur à la courte échelle

Les bois magiques

Chapitre I
L'incendie

Le pâle soleil de mars ne parvenait pas à assécher la terre noire. Les pluies incessantes avaient inondé la Bretagne et les autres provinces du Nord de la France en cet hiver de 1535. Le dos courbé, Pierre Jalbert enfonçait sa pioche dans le sol, où s'entremêlaient les racines des plantes.

Le maître de la ferme avait divisé ses champs en plusieurs portions. Chaque jour, ses six valets devaient piocher un lot chacun, afin que la terre puisse recevoir les semences. C'était un travail harassant, qui demandait des semaines d'efforts, du lever jusqu'au coucher du soleil.

À douze ans, Pierre était robuste et défrichait sa parcelle aussi vite que les autres valets, plus âgés. Il se concentrait sur sa tâche. Il arrachait les mottes de terre lourdes et mouillées et en faisait des tas. Quand elles auraient séché, le fils du maître, Guillaume Rougemont, viendrait y mettre le feu.

Rougemont, un grand gars de quinze ans, ne cessait de harceler les valets. Assis sur une butte, un brin de paille entre les dents, il leur lançait de petits cailloux. Sa cible préférée était Youénn Le Gallouédec, un ouvrier âgé et malade. Le vieux Youénn toussait comme un damné et avait le corps fourbu. Son travail n'avançait pas vite.

— Eh, fainéant ! criait Guillaume. Mon père ne te nourrit pas pour regarder les hirondelles !

Il lui lança un caillou, qui l'atteignit dans le dos. Le vieux Youénn n'osa pas se retourner. Il se pencha sur sa pioche.

Pierre haïssait Guillaume Rougemont depuis qu'il avait abouti dans cette ferme, une des plus grandes propriétés de la vallée de la Rance. Ses parents, ses frères, ses sœurs avaient été emportés par la peste, six ans plus tôt.

Lui seul avait survécu. Youénn Le Gallouédec l'avait recueilli, alors qu'il errait sur la grand-route. Il l'avait caché dans la grange pendant des semaines et l'avait nourri avec des betteraves volées.

Un jour, Guillaume l'avait découvert. Le vieux Youénn avait supplié le maître de garder Pierre à la ferme, en lui montrant que c'était un petit gars fort et vaillant.

— Il faudra qu'il gagne son pain durement, avait prévenu Rougemont père.

Guillaume s'acharnait à lui rendre la vie misérable. Chaque fois qu'il le pouvait, il se jetait sur lui et le rouait de coups. S'il brisait un carreau de fenêtre, avec ses fameux cailloux, il l'accusait du méfait. Si bien que le père corrigeait Pierre à son tour.

Le jeune garçon ressassait tout cela en s'échinant sur sa pioche. Soudain, le vieux Youénn toussa encore plus fort que d'habitude. Incapable de rester debout, il s'agenouilla dans la terre humide. Il posa son front sur une motte et chercha l'air. Pierre courut vers lui.

— Allez vous reposer, lui dit-il. J'ai bientôt fini mon lot et je ferai le vôtre ensuite.

Guillaume Rougemont se planta à côté de lui et le toisa de toute sa hauteur.

— Qui t'a permis d'arrêter le travail, petit paresseux ? cria-t-il. Reprends ta pioche !

Une pluie fine et froide se mit à tomber. Pierre ne la sentait pas. Il retourna à sa place, écumant de rage.

Les bois magiques

Enfin, la cloche sonna l'heure du repas.

Il se dirigea vers le bâtiment principal de la ferme. Il nettoya ses pieds dans une bassine, accrocha son chapeau et entra. Chacun prit place autour de la table, le père Rougemont à un bout, la mère à l'autre, leurs fils et leurs filles d'un côté et les valets de l'autre. Des betteraves fumaient dans un plat. Il manquait quelqu'un : le vieux Youénn. Pierre s'enquit de lui.

— Où est-il ?

— Dans la grange, répondit le maître. Guillaume m'apprend qu'il n'a pas fini de piocher son lot. Il sera donc privé de nourriture ce soir.

— Mais il est malade !

— Tais-toi si tu ne veux pas que je te chasse de table !

Sans rien demander, Pierre s'empara de quatre betteraves, reprit son chapeau au passage et courut vers la grange.

— Laisse ces betteraves ! hurla le maître. Ou tu seras fouetté !

Pierre avait déjà franchi la porte. Il traversa la cour et s'engouffra dans la grange. À l'extrémité du bâtiment se trouvait une pièce. C'est là que les valets dormaient, à même la paille.

Accrochée au mur, une bougie éclairait ce réduit. Le vieux Youénn était prostré dans un coin. Le visage livide, il râlait. Il sourit quand il aperçut Pierre.

— Vous m'avez donné bien des betteraves quand j'étais petit, lui dit le garçon. C'est à mon tour de vous rendre la pareille !

— On te les a données ou tu les as prises ?

Pierre n'eut pas le temps de répondre. Des bruits de pas se faisaient entendre. Il saisit une planche pour barrer l'accès au réduit. Il était trop tard. Guillaume Rougemont pénétra dans la pièce, brandissant une pelle. Ses yeux étaient injectés de sang.

— Rends-nous ces betteraves, Pierre Jalbert !

— Jamais !

Pierre savait ce qu'il lui en coûterait de s'opposer à lui. Il serait chassé. Il devrait errer longtemps avant de pouvoir s'engager ailleurs. Son nom serait banni dans toute la contrée. Il aurait faim et froid.

Les bois magiques

Mais il ne pouvait réprimer sa colère. À son tour, il donna un ordre :

— Sors d'ici, Guillaume Rougemont !

Guillaume fit valser sa pelle. Pierre para le coup avec la planche. Rougemont, plus grand, plus fort que lui, se jeta en avant et l'obligea à reculer. Il lui frappa la jambe avec le manche de la pelle. Pierre se mordit les lèvres de douleur.

— Arrêtez ! supplia Youénn.

Guillaume semblait avoir perdu la raison. Il envoyait la pelle à gauche et à droite, dans des mouvements désordonnés. Pierre esquivait les coups et se gardait de riposter, par crainte de le blesser.

Soudain, l'outil heurta la bougie qui, en tombant, enflamma la paille sèche.

— Arrêtez de vous battre ! répéta Youénn. La grange va brûler !

Il se courba et tenta d'atteindre les flammes, afin de les étouffer avec sa veste. Guillaume l'empêchait d'avancer. Des volutes de fumée s'élevaient.

Pierre reçut un coup sur la tête. Il s'écroula, à demi conscient. Le sang coulait sur son front. Affalé par terre, il distinguait à peine Youénn, qui toussait à côté de lui. Les flammes léchaient le plafond. La silhouette de Guillaume Rougemont se démenait derrière un mur de feu, pareille à un épouvantail qu'agite le vent.

Pierre essaya de se redresser. Ses membres étaient aussi lourds et chauds que du plomb fondu.

Chapitre II
Le grand cerf

À des milliers de kilomètres de là, les dernières poudreries de l'hiver balayaient les rives d'un grand fleuve. La vallée était habitée par des peuples rudes et fiers, venus d'Asie dix mille ans plus tôt.

La famine sévissait dans le village d'Achelacy[1]. Les vivres manquaient dans la vingtaine de maisons longues. Les derniers poissons séchés, qu'on suspendait sous les toits d'écorce chaque automne, avaient été mangés la veille. Les réserves de maïs étaient épuisées.

Comble de malheur, les animaux avaient déserté la région. Le chaman Oraquan affirmait que l'esprit de la falaise les avait chassés.

— Pourquoi est-il en colère ? demandaient les habitants du village.

---

1. Emplacement actuel de Portneuf, à une cinquantaine de kilomètres à l'ouest de Québec.

— Il n'a pas eu assez de tabac, répondait-il.

Oraquan passait son index à l'ongle pointu sur le serpent tatoué sur son front. Il ajoutait mystérieusement :

— Ce n'est pas la seule raison. Il y a quelqu'un, ici, qu'il n'aime pas.

— Qui est-ce ? demandaient les villageois.

— Je ne sais pas encore. Mais je le saurai bientôt.

Chacun se demandait s'il était le responsable du courroux de l'esprit de la falaise. Et chacun avait peur. Gare à celui que le chaman accuserait : il était capable des pires cruautés.

La torture des prisonniers ennemis faisait partie des mœurs d'Achelacy et des peuples environnants, mais on épargnait généralement les enfants. Ceux-ci étaient plutôt adoptés. Or le chaman insistait pour les torturer aussi.

La dernière fois que les guerriers du village étaient revenus d'une bataille, avec des prisonniers jeunes et vieux, il avait lui-même percé les poignets d'une petite fille. Elle n'avait ni crié ni pleuré.

Pendant la nuit, Ahonque, la fille du chef d'Achelacy, avait desserré ses liens et l'avait encouragée à fuir. Mais le chaman ne dormait pas. Il avait poussé de hauts cris en voyant la petite prisonnière quitter le village. Il l'avait de nouveau attachée. Puis il avait lentement brûlé son corps avec des braises. Elle était morte au bout d'une journée de supplices.

Ahonque pensait souvent à cet événement, car elle-même était née dans un village ennemi. Quand elle avait à peine cinq printemps, elle avait été faite prisonnière et emmenée à Achelacy. Le chef du village, Sondaqua, voulait une fille et l'avait adoptée. Il l'avait appelée Ahonque, qui signifie petite oie.

Même si six printemps s'étaient écoulés depuis, le chaman répétait à Sondaqua qu'il aurait dû le laisser torturer et tuer Ahonque.

***

Chaque jour, en cette fin d'hiver, les hommes partaient dans la forêt, à la recherche de cerfs ou d'ours. Ils contournaient la falaise, creusaient un trou dans la glace et jetaient des pincées de tabac dans l'eau pour apaiser l'esprit. Personne n'osait s'aventurer au sommet du rocher.

Les offrandes ne servaient à rien. Le soir, les chasseurs rapportaient seulement quelques lièvres, qui s'étaient étranglés dans des collets. Les femmes s'empressaient de les écorcher et de les faire rôtir. C'était bien peu pour remplir tous les estomacs.

Il faisait froid, même dans les maisons longues. Les feux, qu'on cessait d'entretenir pendant la nuit, mouraient lentement.

Un matin, peu avant l'aube, un mauvais rêve agita le chien d'Ahonque. La bête, une boule de poils jaune à peine âgée de six lunes, se mit à japper et réveilla tous les dormeurs.

Emmitouflée dans sa robe en peau de castor, Ahonque ouvrit un oeil. Son père donna un coup de pied au chien, qui s'enfuit la queue entre les pattes. Il renversa un récipient de soupe claire sur le feu d'une

Les bois magiques

des six familles qui occupaient la maison longue.

— Ce soir, si on ne tue pas de cerf, on mangera ce chien, annonça Sondaqua.

— Oh non ! dit Ahonque. Pas lui ! Il est trop jeune !

Elle prenait grand plaisir à jouer avec son chien. Il la suivait partout dans le village et la retrouvait dès qu'elle se cachait.

Sondaqua s'étira et examina la pointe d'une flèche. La veille, il avait raté un écureuil. Il était rentré de fort mauvaise humeur.

— On manque de bois, constata-t-il. Quand es-tu allée en chercher la dernière fois ?

Le ramassage du bois était un travail de femmes. Ahonque serra autour de sa taille une lanière de cuir, décorée de piquants de porc-épic teints en rouge écarlate. Elle ramassa ses longs cheveux noirs sur le dessus de sa tête et les enveloppa d'une peau d'anguille. Puis elle enfila son collier de coquillages, où pendait une carapace de tortue. Son père se moqua d'elle.

— Pourquoi te fais-tu si belle ? demanda-t-il. Veux-tu charmer l'esprit de la falaise ?

Ahonque ne répondit pas et traversa la maison. Une forte bourrasque lui fouetta le visage dès qu'elle franchit la porte. Il avait plu un peu, puis il avait gelé. Le jeune chien vint frotter son museau contre les jambes nues d'Ahonque. Tous les deux quittèrent le village.

Au-delà des champs coulait une rivière. Ahonque s'amusa à glisser sur la glace. Son chien la suivait et lui mordillait les chevilles.

— Arrête, gronda Ahonque. Tu vas déchirer mes mocassins.

Elle déboucha au pied de la falaise. Le soleil perça un nuage. Ses rayons étincelèrent sur le grand rocher. Ahonque fut émerveillée.

— Si j'allais parler à l'esprit, je pourrais peut-être le convaincre de faire revenir les animaux, dit-elle à voix haute. Le chaman nous interdit d'escalader la falaise, mais je m'en moque. Viens, le chien, nous allons grimper.

Le chien la regarda, la tête penchée sur le côté, comme pour réfléchir. Il jappa, lui tourna le dos et s'enfuit dans la forêt.

— Peureux ! lui lança Ahonque.

Elle prit son courage à deux mains et monta à l'assaut du rocher. Elle arriva sur un promontoire tout essoufflée. Le sommet du rocher se dressait devant elle, en forme d'aiguille. Deux maigres sapins avaient pris racine dans une faille.

Soudain, elle entendit des plaintes derrière l'aiguille. Elle marcha vers ce bruit. Un grand cerf gisait sur la neige, immobile. Ses yeux la fixaient.

— J'ai mal, souffla-t-il.

Ahonque resta figée. Jamais elle n'avait entendu un animal parler. Le chaman disait bien qu'il conversait avec les bêtes, mais elle n'aurait pas cru que cela pouvait lui arriver un jour.

— Pourquoi es-tu étendu ? demanda-t-elle, au bout d'un moment.

— Des loups me poursuivaient et j'ai couru trop vite. J'ai fui jusqu'ici, en passant par-derrière, là où la pente n'est pas trop abrupte pour un cerf. C'est un endroit que je connais bien. Mais je me suis cassé la patte dans la croûte glacée. Maintenant, je ne peux plus marcher.

— Je suis contente de te trouver dans cette position, dit Ahonque, que la crainte quittait. Au village, nous avons faim. Je vais t'assommer avec une pierre. Mon père et mes frères viendront te chercher. Nous pourrons te manger. Cela nous évitera de manger mon chien.

La faim tenaillait Ahonque. Elle pensa à Tackro, son petit frère âgé de trois printemps. Il ne bougeait plus depuis quelques jours. De la bonne viande rouge le remettrait sur pied. Elle songea aux membres de la maison longue qui se régaleraient, et aussi à son chien, que son père épargnerait.

Le cerf la fixait toujours avec ses yeux humides. Il se releva dans un ultime effort. Il boita sur ses trois pattes saines, mais s'écroula un peu plus loin. Ahonque le suivit, faisant rouler une pierre dans la neige.

— Ne me tue pas, implora le cerf.

— Pourquoi pas ? demanda Ahonque. Tu vas mourir de toute façon. Si on ne te mange pas, tu mourras de faim.

Le cerf émit un soupir triste.

— Si tu m'aidais, je n'aurais plus faim. Tu pourrais m'apporter des branches de cèdre tous les matins. Et aussi un peu d'eau dans une écuelle d'écorce. Je garderais ma patte immobile. Au bout d'un certain temps, elle serait guérie. Je pourrais courir à nouveau.

Ahonque souleva la pierre au-dessus de sa tête. Elle avait l'intention de la laisser retomber sur celle du cerf.

— Ne fais pas cela, lui dit la bête.

— Excuse-moi, mais je dois le faire.

— Si tu me sauves la vie, je sauverai la tienne aussi souvent que tu le demanderas.

Comme Ahonque maintenait la pierre au-dessus de sa tête, il ajouta :

— Je sauverai aussi la vie d'autres enfants.

— Comment feras-tu ?

— Regarde mes vieux bois, appuyés sur ce sapin. Ils sont tombés de ma tête il y a trois lunes. Ils dépassent de la neige. Tu les vois ?

Ahonque jeta la pierre dans la neige et fourragea avec ses pieds. Elle s'empara des bois. Puis elle contempla le cerf. De nouveaux bois, semblables à de gros bourgeons, poussaient devant chaque oreille.

— Que veux-tu que je fasse avec ça? demanda-t-elle, irritée.

— Garde un vieux bois avec toi et donne l'autre. Chaque fois que ta vie et celle de ton ami seront menacées, vous les croiserez et tu diras: «Cerf, gratte la terre et fais ce que tu dois faire.» Chaque fois que tu les utiliseras, cet ami qui en profitera rajeunira d'un printemps. Si tu les utilises pour sauver ta vie, tu rajeuniras toi aussi d'un printemps.

— Et pourquoi tu n'essaies pas ce truc stupide avec toi? Tu serais plus jeune et tu n'aurais pas la patte brisée.

— Ça ne fonctionne que pour les enfants. Moi, ce qu'il me faut, c'est du bon cèdre. Avec du bon cèdre, je peux vivre éternellement. À condition que personne ne me tue. Tu pourras utiliser mes bois dès que je serai guéri, après m'avoir nourri.

— Tu me fais des promesses juste pour rester en vie. Si je te tue maintenant, je pourrai sauver la vie de mon petit frère aujourd'hui même, avec ta viande.

Elle souleva à nouveau la pierre.

— Soigne-moi, dit le cerf. Et ton petit frère Tackro se remettra à jouer dès ce soir.

Chapitre III
Le marin et le chaman

Pierre se sentit tiré par les pieds. Il perdit conscience, puis se réveilla dehors, étendu sur la terre détrempée. Le vieux Youénn était penché au-dessus de lui. Il l'avait recouvert de sa veste.

— Que se passe-t-il ? demanda le garçon.

— La grange brûle, répondit le vieux. Si je ne t'avais pas tiré de là, tu aurais brûlé avec.

La pluie tombait à verse, mais ses gouttes s'évaporaient au contact des flammes. Debout à côté du puits, le maître remplissait des seaux d'eau. Ses fils, ses filles et les valets formaient une chaîne humaine : ils se passaient les seaux et essayaient d'éteindre le feu. Peine perdue. Les flammes, alimentées par la paille bien sèche, s'infiltraient entre les planches et les dévoraient. Un mur tomba dans un grand fracas.

— Sauve-toi, ordonna le vieux Youénn. Le maître doit croire que c'est toi, le responsable de l'incendie. S'il te voit, il te battra à mort. Il va te chercher dans toute la région. Va chez mon frère Maël, à Saint-Malo. Il habite la dernière maison de la rue des Cordiers, sous la Tour mouillée. Il est marin : il te trouvera du travail sur un bateau.

— Je ne veux pas vous laisser, dit Pierre.

Youénn le secoua et durcit sa voix :

— Pars, pendant qu'il est encore temps. Tiens, prends ton chapeau. C'est tout ce que j'ai pu apporter.

Le chapeau rond était la seule possession de Pierre, hormis ses vêtements élimés. Il le fourra dans sa chemise. Le toit de la grange s'effondra à son tour. Le patron cessa de puiser l'eau : il n'y avait plus rien à faire. À côté de lui, son fils Guillaume fouilla les ténèbres.

— Il est là-bas ! cria-t-il, en pointant Pierre du doigt.

Il attrapa une fourche et se mit à courir, suivi de son père. Pierre se releva. Malgré sa douleur, il s'enfuit à toute vitesse et plongea

Les bois magiques

dans un buisson. Il rampa le long d'un ruisseau. Quand il entendait le patron et son fils,
il s'immobilisait. Loin de l'incendie, la nuit
était noire comme de l'encre.

— On le cherchera demain, annonça le
père. On finira bien par trouver ce vaurien.

Pierre se massa le crâne, puis longea
le ruisseau jusqu'à la Rance, une rivière

qui se jetait dans la mer cinq lieues[2] plus loin. Il marcha toute la nuit et atteignit, au petit matin, le port de Saint-Malo. De hauts remparts entouraient la ville, blottie sur un rocher. Pierre se mêla à la foule des paysans et des commerçants, venus vendre leurs produits.

La rue des Cordiers s'amorçait à gauche de la grande porte. Pierre trouva facilement la maison du frère de Youénn.

Maël Le Gallouédec était très laid. Une balafre barrait son visage, qu'encadrait une barbe rousse. Un trou béait à la place de son oeil gauche. Il manquait un doigt à chacune de ses énormes mains. Sa femme, elle, était ronde comme une barrique de cidre. Le couple n'avait pas d'enfants. Maël se révéla très sympathique.

Pierre raconta son histoire d'une traite.

— Votre frère m'a dit que vous pourriez me trouver du travail sur un bateau, conclut-il.

— Mais bien sûr ! s'exclama Maël. Dans un mois, j'embarque sur un vaisseau du roi pour une grande traversée. Le roi a

---

2. Une lieue équivaut à quatre kilomètres.

demandé au capitaine Jacques Cartier de trouver un chemin vers la Chine. Cartier a toutes les difficultés à rassembler son équipage. Il te prendra comme mousse !

Sa femme obligea Pierre à s'asseoir. Elle lui servit deux crêpes de sarrasin fumantes et un bol de lait caillé.

— Tu dois avoir bien envie de dormir après cette nuit sous la pluie, lui dit-elle quand il eut fini de manger. Viens avec moi.

Elle l'installa au grenier, dans un lit moelleux, sous des tonnes de couvertures. Pierre dormit toute la journée et toute la nuit.

***

Comme toujours, Ahonque était dévorée par la curiosité.

— Comment connais-tu le nom de mon petit frère ?

— Je le connais, c'est tout, répondit le cerf.

— Tu es bien sûr que je vais le remettre sur pied avec tes vieux bois ?

— À condition que tu répètes la formule : « Cerf, gratte la terre et fais ce que tu dois faire », répondit l'animal blessé.

— Très bien, mais si ça ne marche pas, je reviens demain et je te tue.

— Ça va marcher. Reviens demain avec des branches de cèdre : tu en trouveras plein sur les bords de la rivière. Et n'oublie pas l'eau, dans une écuelle.

Ahonque laissa tomber sa pierre dans la neige. Elle abandonna la bête et descendit en bas du rocher. Son chien l'attendait près des champs. Elle défit les lacets de ses mocassins et s'en servit pour l'attacher à un arbre : elle ne voulait pas qu'il soit tué par son père, et mangé.

Elle était tellement absorbée par sa rencontre qu'elle oublia de ramasser des branches mortes.

— Tu n'as pas rapporté de branches ? gronda Sondaqua quand elle entra dans la maison. Que fais-tu avec ces bois de cerf ?

— J'ai rencontré un cerf avec une patte brisée, répondit Ahonque en regardant son père dans les yeux. Je l'ai pourchassé toute la journée, mais je n'ai pas réussi à l'attraper. J'ai ramassé ces vieux bois en chemin : ils me guideront peut-être vers le cerf demain.

Le chaman était penché sur le petit frère mourant d'Ahonque. À l'aide d'une pierre aiguisée, il entaillait sa peau aux épaules, aux coudes, aux genoux, puis il suçait le sang. Il l'aspergea d'eau et dansa autour de lui en agitant un hochet. Tackro restait immobile.

— J'ai parlé à son âme, déclara le chaman. Elle m'a dit qu'elle désirait trois ours. Sinon, il ne guérira pas.

— Tu sais très bien qu'on ne peut pas trouver trois ours, dit Sondaqua. Aujourd'hui, je n'ai même pas trouvé un lièvre.

— Alors il mourra.

Ahonque attendit que le chaman se fût retiré dans un coin de la maison longue pour s'approcher de Tackro. Le feu, très

faible, éclairait à peine son visage. Elle plaça le bois gauche dans la main de son petit frère. Elle appuya le bois droit sur celui de gauche et prononça ces mots tout bas : « Cerf, gratte la terre et fais ce que tu dois faire. »

Aussitôt Tackro se mit à bouger. Curieusement, il rapetissa, ses mains redevinrent potelées, ses joues se gonflèrent. Il n'avait plus l'air d'un petit garçon de trois ans, mais d'un bébé de deux ans.

Une heure plus tard, il se levait et, le pas mal assuré, il se dirigeait vers sa mère. Il tira sur sa robe de fourrure et chercha un sein, pour téter. Aucun lait ne coulait et Tackro se mit à brailler.

Tapi dans l'obscurité, le chaman avait observé la scène. Il était à la fois étonné et furieux. Comment une petite fille de onze printemps pouvait-elle réussir là où il avait échoué ? Son pouvoir était menacé. Désormais, le village rirait de lui et demanderait à Ahonque de soigner les malades. Il se faufila vers elle et voulut s'emparer des bois magiques.

— Donne-moi ça !

— Non ! cria Ahonque.

Le chaman se tourna vers Sondaqua.

— Cette nuit, j'ai fait un rêve, raconta-t-il. Ta fille parlait aux animaux, près de la falaise, et leur disait de courir jusque chez nos ennemis. C'est à cause d'elle s'ils nous fuient ! C'est à cause d'elle si on a faim ! Laisse-moi la tuer !

Affamé, Sondaqua se sentait tellement faible qu'il n'avait pas la force de défendre sa fille. Il coula un regard las vers Ahonque et dit mollement au chaman :

— Laisse-la tranquille.

— Au moins, chasse-la d'ici ! hurla Oraquan.

Il retourna dans son coin en maugréant. Ahonque caressait les bois magiques. Elle était heureuse d'avoir guéri son petit frère et tout étonnée du pouvoir extraordinaire qu'elle détenait. En contemplant le feu, elle se mit à penser au cerf.

Elle s'en voulait de l'avoir menacé. Maintenant, elle craignait que les loups retrouvent sa trace. Elle avait hâte au lendemain matin, pour aller le nourrir et l'aider à soigner sa patte.

Personne ne mangea dans la maison longue, parce qu'il n'y avait rien à manger.

Mais personne ne se plaignait. La grand-mère d'Ahonque dénicha une vieille courroie de cuir, sous une banquette, et se mit à la mâcher. Ses frères et ses soeurs suivaient son exemple. Ahonque se pelotonna dans son manteau et s'endormit, les bois contre son ventre.

Le lendemain, elle partit à l'aube avec une écuelle d'écorce. Elle détacha son chien, arracha des branches de cèdre le long du ruisseau, remplit l'écuelle d'eau et escalada la falaise. Le cerf l'attendait, étendu dans la neige. Elle courut vers lui et l'enlaça.

— Excuse-moi de t'avoir menacé, hier !

— Et alors, mes vieux bois ont-ils guéri ton petit frère ?

— Oui ! Merci !

Ahonque s'assit à côté de lui.

— Mais il a faim, dit-elle. Tout le monde a faim. Ma grand-mère mâche des courroies de cuir, comme le reste de la famille.

— Des dizaines de cerfs se dirigent vers ton village. Vous pourrez tuer les plus vieux.

— Mais toi, je vais empêcher qu'on te tue !

— J'espère bien ! En attendant, j'ai moi-même très faim. Donne-moi ces branches de cèdre.

Une harde de cerfs arriva près d'Achelacy le jour même. Sondaqua transperça le coeur du plus vieux, avec une seule flèche. Les hommes abattirent d'autres animaux.

Le festin avait commencé au village lorsque Ahonque franchit les palissades. Tackro mangeait un morceau de viande crue avec appétit. Du sang coulait sur son menton. Ahonque se rassasia à son tour.

Bien repue, elle se prépara à se coucher. Elle chercha les bois magiques, qu'elle avait cachés dans un trou, sous une pierre.

Ils avaient disparu.

Chapitre IV
La grande traversée

À la fin d'avril, Maël Le Gallouédec amena Pierre sur les quais. Torse nu, des hommes et des garçons hissaient sur leur dos des ballots, des tonneaux et des malles pleines de provisions et de marchandises. Écrasés sous la charge, ils grimpaient sur une passerelle jusqu'au pont d'un grand voilier, puis disparaissaient dans la cale.

— La *Grande Hermine*! dit Maël en montrant le bateau, hérissé de trois mâts. Tiens! Voilà Jacques Cartier et le maître d'équipage, Thomas Fromont.

Un peu à l'écart, les deux hommes avaient le nez plongé dans des cahiers. Fromont comptait les marchandises.

— Messieurs, fit Maël en enlevant son chapeau. Voici mon neveu, Pierre Le Gallouédec. Il est fort comme un jeune taureau. C'est un excellent mousse.

Jacques Cartier leva le nez de son cahier et examina Pierre des pieds à la tête. Il considéra ses fortes épaules, ses bras musclés, ses jambes bien droites. Puis il passa la main dans les cheveux blonds et tout bouclés de Pierre.

— Avec qui as-tu navigué ?

Pierre n'eut pas le temps de répondre.

— Il a déjà pêché avec mon cousin sur les grands bancs de Terre-Neuve, mentit Maël. Il ne rechigne pas à la tâche.

— C'est bon, mon garçon, conclut Cartier. Tu peux commencer tout de suite. Fromont, inscrivez son nom dans les registres. Le Gallouédec, montrez-lui le travail. Assurez-vous que ses ballots sont bien rangés dans la cale.

***

Le 16 mai 1535, 110 hommes et garçons furent bénis par le père François Bahier dans la cathédrale de Saint-Malo. Jacques Cartier attendit que les vents soient favorables. Trois jours plus tard, la *Grande Hermine* levait l'ancre, suivie de deux autres navires, la *Petite Hermine* et l'*Émérillon*.

À bord de la *Grande Hermine* se trouvaient une cinquantaine d'hommes, à commencer par Jacques Cartier, Maël Le Gallouédec, Pierre et deux Iroquoiens[3], Domagaya et Taignoagny. Cartier les avait emmenés en France lors de son premier voyage au Canada, l'été précédent. Ils étaient les fils du grand chef Donnacona et les cousins éloignés d'Ahonque.

Cartier les avait présentés au roi François Ier. Ils avaient parlé d'un royaume rempli d'or et de pierres précieuses. C'est ce qui avait convaincu le roi d'organiser un nouveau voyage.

Les deux Iroquoiens avaient appris le français pendant leur séjour à Saint-Malo. Mais ils parlaient peu. Ils restaient silencieux, appuyés au bastingage. Ils contemplaient la mer qui les séparait de leur pays.

Maël et les marins, eux, se démenaient sans cesse. Pierre les aidait comme il

---

3. À l'époque des voyages de Cartier, la vallée du Saint-Laurent était peuplée par les Iroquoiens.

pouvait. Il roulait et déroulait les cordages, transmettait les messages du capitaine à ses officiers, descendait au fond de la cale pour chercher de l'eau potable. Il se nourrissait d'affreux biscuits. Il dormait sur une paillasse humide. Parfois, des rats reniflaient ses doigts engourdis.

Après bien des efforts, il réussit à amadouer Taignoagny et Domagaya. Les deux jeunes hommes lui enseignèrent quelques mots de leur langue. Il apprit ainsi le mot « agayesse », qui signifie « pour rire ».

Le temps devint mauvais. La houle ballottait la *Grande Hermine*. Pierre était incapable de garder ses biscuits dans son estomac. Il avait toujours le mal de mer et vomissait tout ce qu'il mangeait.

Le 24 juin, plus d'un mois après le départ, la terre n'était toujours pas en vue. Le moral était au plus bas au sein de l'équipage. Jacques Cartier permit aux marins de boire du cidre pour fêter la Saint-Jean.

Pendant la nuit, une terrible tempête se leva. Le vent, déchaîné, lançait des successions de vagues sur le flanc gauche de la *Grande Hermine*.

Le navire escaladait les vagues et retombait dans les creux en roulant. Les mâts grinçaient. Debout à l'arrière, Jacques Cartier aboyait des ordres. Il fallait au plus vite abaisser les voiles, afin d'empêcher le vent de les arracher ou de casser les mâts. Les matelots tiraient sur les cordages.

— Le grand hunier est coincé ! cria un matelot.

La voile claquait tout en haut du grand mât. Le vent s'engouffrait dedans en faisant pencher dangereusement le navire. Si jamais il le faisait basculer, c'était la fin.

Maël Le Gallouédec escalada le grand mât. Soudain, une énorme vague bondit sur le navire et obligea les marins à lâcher les cordages. Lorsqu'elle se retira, Pierre entendit Maël hurler. Le grand hunier, fendu, s'entortillait autour de lui. À tout moment, il risquait de tomber.

Pierre s'élança. Il grimpa à la vitesse d'un singe. Il n'avait plus mal au coeur. Il ne voyait plus la tempête. Il ne craignait pas d'être jeté à la mer. Il entendait Maël crier, et chaque hurlement lui transperçait le coeur. Pierre déchira la toile avec son couteau : la voile s'envola d'un coup sec.

— Tenez bon ! cria-t-il à Maël. Accrochez-vous à moi ! Je vais vous ramener !

Tout à coup, ils entendirent une voix qui venait du navire.

— Attention ! hurlait la voix. Cramponnez-vous !

Pierre tourna la tête et aperçut avec horreur une montagne d'eau, plus haute que le bateau, surmontée d'une crête écu-

Les bois magiques

meuse et blanche. Il enroula une corde autour de Maël et de lui-même, et la noua autour du mât. Il n'avait pas fini de s'attacher que la vague, gigantesque, glaciale, s'abattait sur la *Grande Hermine* comme le pied d'un géant sur une bête à bon Dieu.

Chapitre V
La rencontre

Depuis que la glace avait fondu, les habitants d'Achelacy étendaient des filets dans la rivière et le long du fleuve. Les prises avaient rarement été aussi abondantes.

On pêchait tellement d'esturgeons, de truites, de corégones qu'on ne pouvait tous les manger frais. Après les avoir ouverts et vidés, on étalait les poissons sur des claies de perches pour les faire sécher au soleil.

Les hommes remontaient la rivière et revenaient, parfois des jours plus tard, les canots chargés de gibier. Les femmes semaient le maïs, les haricots et les courges dans les champs, hors des palissades qui entouraient le village.

Toute cette opulence aurait dû réjouir Ahonque. Mais depuis qu'elle avait guéri son petit frère, le chaman Oraquan la harcelait sans arrêt. Un soir, alors que brillait la première lune de l'été, elle le vit brandir les bois magiques au-dessus de la tête d'un vieillard mourant. Elle se jeta sur lui.

— Voleur ! cria-t-elle. Redonne-moi mes bois !

Le chaman lui envoya un coup de pied dans le ventre. Il recommença à marmonner des paroles incompréhensibles. Ses invocations ne donnaient rien. Il ne connaissait pas la formule appropriée.

— Donne-moi cette formule que tu as utilisée pour ton petit frère ! ordonna-t-il.

— Ça ne servira à rien ! répondit Ahonque.

Oraquan ignorait que les bois ne sauvaient que les enfants. Le vieil homme mourut.

— C'est ta faute ! hurla le chaman. Livre-moi ton secret !

Ahonque le mordit au sang pour récupérer ses bois, mais Oraquan était bien plus fort qu'elle. Il la propulsa par terre. Lorsque Sondaqua revint de la chasse, il reprit ses harangues.

— Ta fille possède un terrible secret, mais elle n'est pas chaman. Moi je le suis. Laisse-moi lui arracher les ongles et

Les bois magiques

lui brûler les pieds pour qu'elle parle. Si elle ne dit rien, le malheur s'abattra sur le village.

Sondaqua ne se laissait pas impressionner. Mais il savait que le chaman rendrait la vie impossible à sa fille. Il lui suggéra d'aller à Stadaconé[4], un gros village en amont sur le fleuve. Ahonque hésitait. Elle voulait d'abord récupérer ses bois.

***

La vigie de la *Grande Hermine* annonça enfin la terre. Pierre avait déjà oublié la tempête : il avait bien failli être emporté par la mer, mais il s'était cramponné au mât avec l'énergie du désespoir. Il avait ramené Maël Le Gallouédec sain et sauf sur le pont. Jacques Cartier l'avait félicité pour sa bravoure.

Le capitaine contourna Terre-Neuve, qu'il avait explorée l'année précédente, et poussa vers l'est. Il donna le nom de Saint-Laurent à une baie, sans savoir qu'un jour

---

4. Aujourd'hui Québec.

ce nom désignerait l'immense fleuve sur lequel il engagea sa petite flotte.

Taignoagny et Domagaya indiquèrent qu'ils pénétraient en Canada[5]. Ils atteignirent enfin Stadaconé, leur village natal. Leur père, Donnacona, vint vers eux en canot.

Cartier trouva un havre pour ancrer les bateaux. Puis il voulut remonter le fleuve avec une poignée d'hommes sur le plus petit navire, l'*Émérillon*. Taignoagny et Domagaya refusèrent de l'accompagner.

Cartier était déçu de ne plus avoir de guides, ni de truchements[6]. Il proposa à Pierre de se joindre à eux. Il l'avait surpris en train d'échanger quelques mots avec les Iroquoiens dans leur langue.

À la mi-septembre, l'*Émérillon* appareilla pour Hochelaga[7]. Pierre était émerveillé par la beauté du paysage. D'immenses arbres ombrageaient les rives couvertes de fleurs inconnues. Des vignes

---

5. La région de Québec était appelée ainsi par les peuples qui l'habitaient.

6. Interprètes

7. Site de Montréal

sauvages ployaient sous le poids de leurs fruits.

Vers la fin de la journée, il descendit à terre avec des compagnons pour cueillir des baies. Des milliers d'oies criaient dans le ciel et sur les battures. Des rats musqués nageaient par dizaines près du rivage.

Tout attentif à ce spectacle, il ne vit pas les nombreux canots qui débouchaient d'une étroite rivière. Les hommes et les femmes qui y prenaient place se mirent à parler fort et à gesticuler en apercevant les Français. Plusieurs d'entre eux se levèrent. Ils étaient en tout point semblables aux habitants de Stadaconé.

Des lignes ocre et noires barraient leurs visages. Leurs cheveux étaient noirs et luisants. Ils étaient plus grands et plus musclés que les Français. Les femmes portaient des robes en peau; les hommes n'étaient vêtus que d'un pagne, un simple morceau de peau passé entre les jambes et retenu aux hanches par un cordon.

Parmi eux, Pierre distingua une petite fille très jolie. Une lanière de cuir, décorée de piquants de porc-épic teints en rouge écarlate, était nouée autour de sa taille. Une carapace de tortue pendait au bout de son collier, fait de coquillages.

Une immense curiosité faisait briller ses yeux noirs. Ahonque n'avait jamais vu des hommes accoutrés comme ces étrangers, portant des chemises, des culottes et des souliers. Les cheveux blonds et bouclés de Pierre l'intriguaient. Les regards des deux enfants se croisèrent.

Pierre comprit rapidement que le père d'Ahonque était le chef du village d'Achelacy. Quand Sondaqua parlait, les autres se taisaient. Il semblait demander quelque chose aux Français, mais les compagnons de Pierre ne comprenaient rien. Ils montèrent dans leur barque et se dirigèrent vers l'*Émérillon*, où Cartier les attendait. Les canots les suivirent. Pierre admira la grâce avec laquelle ils évoluaient.

Sondaqua fit un long sermon. Pierre examinait ses gestes et tentait de saisir le sens de ses paroles.

— Je ne comprends rien, protesta Cartier. Si au moins Taignoagny et Domagaya étaient là pour traduire. Il nous faudra former d'autres truchements.

— Je crois comprendre, monsieur, hasarda Pierre.

— Ah oui ? Et que dit-il ?

— Il nous prévient que le fleuve est fort dangereux près de Hochelaga. Je crois qu'il parle de courants traîtres, ou même de chutes.

— Fais-lui signe de monter à bord. Il nous en dira peut-être plus long.

Sondaqua ne se fit pas prier. Il grimpa sur le pont, suivi de sa femme et de ses enfants. Il donna à Cartier une peau d'ours et une trentaine de rats musqués tout juste tués, en montrant avec ses doigts et sa bouche qu'ils étaient délicieux à manger.

En retour, Cartier lui donna des couteaux, des petits miroirs et des colliers de verre. Sondaqua rit de bon coeur en se regardant dans un miroir.

Enfin, il demanda à Ahonque de s'approcher.

— Ahonque, dit-il à Cartier, en poussant sa fille vers le capitaine.

— Voilà un beau cadeau, répondit Cartier, qui songeait à la possibilité de former une nouvelle interprète.

— Mais… je ne veux pas partir avec eux ! protesta Ahonque.

Sondaqua la regarda tristement.

— Tu seras mieux avec eux. Et tu apprendras beaucoup de choses qui pourraient nous être utiles. Les gens de Stadaconé m'ont parlé de ces étrangers et m'ont dit qu'ils étaient riches et puissants. Pars. Si tu restes avec nous, le chaman finira par te tuer.

Ahonque avala sa salive pour s'empêcher de pleurer. Pierre sentit ce qu'elle éprouvait. Il posa la main sur son épaule pour la rassurer. Surprise, Ahonque enfonça ses ongles dans son bras.

Le soir tomba. Ahonque, restée sur l'*Émérillon*, contempla les canots qui retournaient vers son village. Elle se sentait pleine de haine contre le chaman. Elle se promit de se venger et de reprendre ses bois magiques. Mais quand pourrait-elle revenir ? Que lui feraient ces étrangers bizarres ? Elle ne s'était jamais sentie aussi seule et aussi triste.

Chapitre VI
L'amitié

Au début, Ahonque refusa de manger.
Elle avait trop de chagrin. Mais elle se
laissa gagner par la gentillesse de Pierre.
Jacques Cartier encourageait l'amitié
entre les deux enfants. Il espérait que
chacun enseignerait sa langue à l'autre.
Pierre fut dispensé de travailler. Il reçut
l'ordre d'apprendre la langue du pays.

L'*Émérillon,* qui voguait à contre-
courant, remontait le fleuve très lentement.
Après le lac Angoulême[8], Cartier fit ancrer
le navire et poursuivit le voyage en barque.
Sa présence était désormais connue dans
toute la vallée. Lorsque les Français arrivèrent à Hochelaga, mille personnes les
attendaient.

Les hommes, les femmes et les enfants
dansaient en bande. Ils apportèrent aux
Français des dizaines de poissons et de

---

8. Lac Saint-Pierre, ainsi appelé par Cartier.

pains de maïs, qu'ils appelaient *carra-conny*. Ils fêtèrent toute la nuit autour des feux, en disant à tout moment *agayesse,* qui était leur mot de salut et de joie. Pierre et Ahonque se mêlèrent à eux.

Le lendemain, les Français visitèrent Hochelaga. Ils furent ébahis par la beauté des champs, la solidité des maisons et l'abondance des vivres.

Des Iroquoiens les menèrent au sommet d'une montagne, que Jacques Cartier nomma mont Royal. De là, ils leur montrèrent des rapides impétueux. Bien au-delà se trouvait un royaume plein de richesses, affirmèrent-ils.

Pierre se foula la cheville en redescendant. Un Iroquoien le chargea sur son dos et le transporta jusqu'aux barques. Les Français repartirent tout de suite vers l'*Émérillon*.

Le lendemain, Pierre ne pouvait plus marcher. Sa cheville était tout enflée. Ahonque lui caressa le pied.

— Si j'avais mes bois, soupira-t-elle, je pourrais te soigner.

— Tes quoi ?

Les bois magiques

Les deux enfants se comprenaient de mieux en mieux, en alternant gestes, mots français et iroquoiens. Leurs conversations restaient toutefois laborieuses. Ahonque raconta sa rencontre avec le grand cerf.

— C'est un cerf très gentil. Il a sauvé la vie de mon petit frère. Je pourrais sauver la vie de n'importe quel enfant en danger avec ses bois. Mais je ne les ai plus. Le chaman me les a volés.

— Pourquoi ?

— Il ne veut pas que d'autres que lui puissent soigner les gens. Le problème, c'est qu'il n'est bon à rien. Il ne guérit personne. En me voyant sauver mon petit frère, il a eu peur que je prenne sa place. Il a volé mes bois, répéta Ahonque. Mais il ignore la formule magique.

— Je t'aiderai à reprendre tes bois, lui annonça Pierre. Quand l'*Émérillon* reviendra près de Stadaconé, nous irons les chercher. Ma cheville aura repris sa taille normale d'ici là.

Ahonque l'embrassa sur la joue.

— Toi, tu es un vrai ami.

— Je serai toujours ton ami, assura Pierre, sur un ton solennel.

— *Agayesse* ! Si tu veux, nous serons amis tant que le soleil se lèvera sur les forêts et sur le fleuve. Chaque fois qu'on utilise les bois magiques, on rajeunit. Alors, on les utilisera souvent et on ne sera jamais vieux.

Une faible brise berçait l'*Émérillon*. En octobre, les nuits sont fraîches. Pierre grelottait. Ahonque étendit la peau d'ours offerte par son père à Cartier. Ils se blottirent sous la fourrure en regardant les étoiles. Elles scintillaient dans le ciel noir, comme la promesse lointaine de jours heureux.

***

L'*Émérillon* revint bientôt près de Stadaconé, dans ce havre où étaient ancrées la *Grande Hermine* et la *Petite Hermine*. Jacques Cartier dirigea les préparatifs pour l'hiver. Comme l'avait prévu Pierre, sa cheville désenfla rapidement. Mais il y avait tant à faire qu'il reportait toujours l'expédition vers Achelacy.

— Tu m'as promis qu'on irait chercher les bois du grand cerf ! pestait Ahonque.

— Tu vois bien que je n'ai pas le temps ! Je travaille du matin au soir !

Pierre solidifiait un fort, que des matelots avaient commencé à ériger pendant l'absence de Cartier. Il creusait des fossés, sciait du bois, engrangeait les poissons fumés que les habitants de Stadaconé troquaient contre des marchandises de faible valeur.

Sondaqua et des habitants d'Achelacy vinrent eux aussi participer aux échanges.

— Est-ce que je peux rentrer avec toi ? demanda Ahonque à son père, toute pleine d'espoir.

— Non, répondit Sondaqua. Le chaman dit qu'il te tuera si tu reviens. Je ne pourrai pas le surveiller sans cesse pour l'en empêcher. Et je ne peux pas le chasser du village.

Après le départ de son père, Ahonque devint de plus en plus triste. Elle refusait de parler à Pierre. Elle se tenait avec trois autres jeunes filles, que Donnacona avait données à Cartier. Lorsque la plus grande s'enfuit, Cartier les fit garder nuit et jour. Ahonque dépérissait à vue d'oeil.

Les premières neiges tombèrent. La glace se figea autour des trois navires. Il faisait tellement froid que même le vin gela dans les tonneaux, à fond de cale. Les Français tentaient tant bien que mal de se réchauffer, mais leurs forces les abandonnaient. Ils n'avaient pas prévu des froids aussi intenses.

— Je dois bouger, se dit Pierre, qui s'ennuyait. Sinon, je vais geler sur place.

Ses yeux bleus s'arrêtèrent sur Ahonque, recroquevillée dans un coin sombre de la *Grande Hermine*. Il savait que s'il n'intervenait pas, elle se laisserait mourir. Il approcha une bougie et la secoua.

— Ahonque ! chuchota-t-il. Allons à ton village cette nuit !

Le cerveau ankylosé, Ahonque ne réagit pas. Tout le monde dormait, sauf Maël Le Gallouédec, qui montait la garde sur le pont. Pierre s'enhardit et coupa un gros cube de vin gelé, qui avait fait éclater un tonneau. Il fit fondre et chauffer le vin sur le poêle, dans la cuisine. Il redescendit dans la cale et obligea Ahonque à boire. Elle émergea peu à peu de sa torpeur.

Pierre fit chauffer d'autre vin et l'apporta à Maël. Le marin le gronda : seul le capitaine pouvait distribuer le vin. Il but quand même, ensorcelé par l'odeur de l'alcool.

— Je suis incapable de dormir, feignit Pierre. Allez vous réchauffer et dormir un

peu près du poêle. Je vais monter la garde pendant ce temps.

— Tu es fou ! s'indigna Maël. Si on découvre que j'ai quitté mon poste, je serai fouetté !

Mais il finit par accepter cette offre trop tentante. Dès que Le Gallouédec eut le dos tourné, Pierre alla chercher Ahonque. Les deux enfants disparurent dans la nuit.

Chapitre VII
L'expédition

Ils coururent une heure, puis s'arrêtèrent, épuisés. S'ils tardaient trop à rentrer, on partirait à leur recherche. Cartier les soupçonnerait de s'être enfuis.

— Allons, dit Pierre. Nous devons être de retour au navire avant demain soir.

— Oui! Dépêchons-nous, répondit Ahonque. Il faut être au village avant le lever du soleil et prendre les bois pendant que le chaman dort.

La lune, ronde et brillante, facilitait leur marche. Mais au bout d'une autre heure, elle fut voilée par des nuages. Ahonque s'assit sur un tronc d'arbre, découragée.

— Nous ne serons jamais à Achelacy avant le lever du soleil.

— Quelle distance nous reste-t-il à faire? s'enquit Pierre.

— Beaucoup, beaucoup.

Des loups hurlèrent au loin. Pierre voulait faire demi-tour. C'était folie de continuer. Ahonque refusait de rebrousser chemin.

Les deux enfants étaient absorbés dans leurs réflexions lorsqu'une ombre se profila devant eux. Pierre se figea, saisi d'effroi. L'ombre s'approchait par bonds souples. Les nuages se dissipèrent et la lune éclaira un grand cerf, à la tête ornée de splendides bois.

— Bonsoir, Ahonque, dit le cerf en frottant son museau froid contre la joue de la petite fille.

Ahonque l'enlaça et le couvrit de baisers. Pierre était abasourdi.

— Que je suis contente de te voir !

— Que faites-vous ici, en pleine nuit ?

Ahonque raconta son histoire. Elle se mit à pleurer en constatant qu'elle ne pourrait pas arriver à temps au village.

— Montez sur mon dos, ordonna le cerf.

Pierre avait l'impression de voler. Il serrait ses bras autour de la taille d'Ahonque, qui s'agrippait au cou du cerf. Ce dernier faisait des bonds prodigieux. Il sautait

par-dessus des ruisseaux, dégringolait dans des ravins, escaladait des pentes abruptes.

Il faisait encore nuit lorsqu'ils virent les palissades d'Achelacy briller faiblement sous la lune et les étoiles. Aucune sentinelle ne gardait les postes de guet, puisque la nation n'était pas en guerre. Néanmoins, les portes du village étaient barrées.

Le cerf s'arrêta le long des murs. Pierre se dressa sur le dos de l'animal et Ahonque se hissa sur les épaules du garçon. À eux deux, ils formaient un bon couple d'acrobates. Maintenant âgé de treize ans, Pierre était grand et fort comme un homme ; Ahonque était légère, souple, agile. Il la propulsa au haut des palissades. Elle dénicha une corde de chanvre dans un poste de guet et la lui lança.

— Bonne chance ! chuchota le cerf, qui disparut aussitôt.

La bourgade était endormie. Ils sautèrent en bas du mur. Seul le chien d'Ahonque se réveilla, alerté par l'odeur de sa maîtresse. Elle lui ordonna de ne pas aboyer.

Les deux enfants se faufilèrent parmi les longues maisons et pénétrèrent dans celle du chef. Ils restèrent immobiles, le temps d'accoutumer leurs yeux à l'obscurité. Des corps, couverts par des fourrures, étaient étendus sur des nattes.

— Attends-moi ici, fit Ahonque.

Elle se glissa vers la couchette du chaman, au fond de la maison. Il n'y était pas. Intriguée, elle fouilla sous la banquette. Elle vida ses sacs, éparpilla les amulettes, gratta la terre pour chercher un trou où le chaman aurait pu enterrer les bois. Il n'y avait pas de trou. Les bois étaient ailleurs.

Ils sortirent. Ahonque était perplexe. Inutile de fureter dans les autres habitations. Le chaman n'avait pas déménagé. Mais où se terrait-il? Et surtout, où avait-il pu cacher les bois?

— Où étais-tu quand le cerf te les a donnés? demanda Pierre, à tout hasard.

Ahonque le dévisagea.

— Sur la falaise… Il faut aller voir! Il croit peut-être que l'esprit du rocher va lui transmettre la formule!

Ils quittèrent le village. Il était temps: l'aube se levait. Ils remontèrent le long de la rivière. Bientôt, ils entrevirent l'imposant rocher, que craignaient tant les habitants d'Achelacy. Ahonque l'escalada, suivie de Pierre. Son coeur battait la chamade. Devant elle, des traces de pas sillonnaient le passage.

Le chaman Oraquan se trouvait en haut de la falaise, au pied du sommet en forme d'aiguille, mais les enfants ne pouvaient pas le voir, et lui ne les entendait pas. Il avait déposé les bois contre un sapin et avait dansé en répétant des incantations. Puis il s'était assis derrière l'aiguille, face au vent. Il tentait d'entrer en contact avec l'esprit du rocher.

Ahonque réprima un cri de joie en apercevant les bois. Elle les saisit et les montra à Pierre. Il les mit sous son manteau et, sur un signe d'Ahonque, entreprit de redescendre.

Dans sa hâte, il ne vit pas une souche que le vent avait déblayée. Il s'enfargea et roula dans le vide. Son chapeau s'accrocha à une branche. Il plana jusqu'en bas. La neige amortit sa chute, mais sa tête cogna contre un morceau de glace. Il fut sonné.

Le bruit de sa chute alerta Oraquan : il contourna l'aiguille, constata la disparition des bois et aperçut le dos d'Ahonque. Elle s'apprêtait à descendre. Quelle insolente ! se dit-il. Cette fois, il n'y manquerait pas : il la torturerait jusqu'à ce qu'elle livre et les bois et la formule.

Il s'avança vers elle en étouffant ses pas.

Très inquiète pour Pierre, Ahonque n'entendait pas le chaman. Elle ne voyait pas ses yeux étincelants et effroyables.

Les bois magiques

Chapitre VIII
L'épidémie

Tout en bas de la falaise, Pierre se massait le crâne et le dos. Il n'avait rien de grave. Il inspecta les bois : ils étaient intacts. Il eut envie de prévenir Ahonque, pour qu'elle ne s'enfarge pas comme lui. Mais il se rappela qu'il ne devait pas parler à voix haute.

La précaution était superflue. Alors qu'Ahonque entamait sa descente, le chaman bondit sur elle. Il plaqua sa main sur sa bouche et la tira vers l'aiguille rocheuse. Il écrasa sa poitrine avec son genou et enfonça ses lèvres dans son oreille :

— Où sont les bois ? cracha-t-il.

Ahonque fit non de la tête. Elle se démenait comme elle pouvait. Elle mordit au sang la main qui l'étouffait. Oraquan la gifla avec son autre main. Puis il la frappa à coups de poing, en faisant attention, toutefois, de ne pas la tuer. Il avait d'abord besoin qu'elle livre la formule magique. Ahonque sentit ses forces l'abandonner : elle cessa de se débattre.

Le chaman aperçut le chapeau de Pierre. Sans arme, il craignait d'affronter un Français. Il savait que certains d'entre eux possédaient des bâtons capables de tuer à distance, dans un fracas de tonnerre et d'éclairs. Il résolut d'amener Ahonque au village et de revenir chercher le Français avec des guerriers.

Ne voyant pas Ahonque redescendre, Pierre se remit à grimper. Lorsqu'il arriva au pied de l'aiguille, il vit les traces de la bataille. Des empreintes de mocassins partaient dans la direction opposée. Il les suivit longtemps, mais sans pouvoir les rattraper.

Sondaqua entra dans une colère terrible en voyant le chaman revenir avec sa fille la bouche en sang et les yeux pochés.

— Ta fille et un Français m'ont attaqué sur le rocher ! déclara Oraquan. C'en est trop : elle doit souffrir et mourir. Mais avant, j'ai besoin de trois guerriers pour attraper ce Français, qui m'a volé mes bois de cerf.

— Tais-toi! l'interrompit Sondaqua. Laisse ma fille tranquille. Je commence à croire que tu n'es pas chaman, mais sorcier. Tu fais le mal plutôt que le bien! Aucun guerrier ne poursuivra ce Français.

Lorsque Pierre aperçut les palissades d'Achelacy, il retourna à la rivière, la descendit jusqu'au fleuve et se dirigea vers le fort et les navires. Il marcha tout le jour et arriva épuisé et pratiquement gelé.

— Tu n'as pas pu empêcher Ahonque de s'enfuir? lui demanda Maël Le Gallouédec.

— Non, répondit Pierre, sans rien ajouter.

***

La disparition d'Ahonque agaça Jacques Cartier. Mais le capitaine fut bientôt troublé par une nouvelle plus inquiétante. Il apprit en effet qu'une épidémie avait éclaté dans les villages iroquoiens.

Les malades voyaient leurs jambes devenir grosses et enflées. Elles étaient parsemées de gouttes de sang. La maladie montait ensuite aux hanches, aux cuisses, aux bras et à la tête. La bouche s'infectait. Les gencives pourrissaient. Les dents tombaient.

Cinquante personnes étaient déjà mortes à Stadaconé. Cartier interdit aux Iroquoiens de se présenter au fort et aux navires. Il craignait qu'ils ne transmettent la maladie à ses hommes.

Le mal avait fait des ravages dans la plupart des villages iroquoiens, dont Achelacy. L'hiver se révélait encore plus dur que le précédent. Les habitants manquaient à nouveau de nourriture fraîche : ils avaient épuisé leurs réserves de fraises séchées.

La maladie qui affectait les Iroquoiens s'abattit avec encore plus de férocité sur les Français. Ils furent ravagés par le scorbut[9].

Les matelots tombèrent comme des mouches. Pierre résista quelques jours, mais devint lui aussi malade. Malgré sa faiblesse, il aidait Cartier à traîner les cadavres hors des navires et à les couvrir de neige. Il croyait qu'il n'en avait plus que pour quelques jours à vivre lorsqu'il aperçut Ahonque, qui approchait du fort.

---

9. Le scorbut est causé par une carence en vitamine C, que l'on trouve dans les produits frais.

Elle aussi était très faible. Cartier voulut la chasser, mais Pierre alla à sa rencontre.

— Toi ! dit-il faiblement.

Ahonque le fixa de ses grands yeux noirs.

— Va chercher les bois, ordonna-t-elle.

Pierre n'avait pas tenté de les utiliser : sans la formule, c'était inutile. Son cerveau embrouillé lui commandait tout de même d'obéir à Ahonque. Il se dirigea vers la *Grande Hermine* et revint avec les bois magiques. Il en tendit un à Ahonque et garda l'autre dans sa main.

Ahonque les croisa.

— Cerf, gratte la terre et fais ce que tu dois faire, dit-elle.

Aussitôt, leur visage se métamorphosa. Ahonque vit les joues creuses et grises de Pierre se gonfler et rougir. Il lui sembla qu'il devenait plus petit, moins large. Elle-même se sentit rétrécir un peu. Et surtout, elle se sentait pleine d'énergie.

Les deux enfants se regardèrent avec surprise, puis ils éclatèrent de rire.

— Nous sommes guéris ! s'exclama Ahonque. Mais tu as un printemps de moins, et moi aussi !

— Dépêche-toi ! Nous allons guérir tous mes compagnons !

— Non, répondit Ahonque. Les bois ne fonctionnent qu'avec les enfants. Suis-moi ! Nous allons sauver les enfants de mon village et de Stadaconé.

Ils coururent toute la journée vers Achelacy. Une telle force les habitait qu'ils n'avaient jamais besoin de s'arrêter pour se reposer. Au village, Ahonque apprit que le chaman venait d'être emporté par la maladie.

Elle croisa les bois magiques avec tous les enfants mourants. Quand ils étaient trop faibles, Pierre les prenait dans ses bras et croisait les bois du cerf pendant qu'Ahonque répétait la formule. Ils les sauvèrent tous.

Sondaqua gémissait, affalé sur le sol de sa maison longue. Ahonque croisa les bois avec lui et récita quand même la formule. Cela ne donnait rien. Elle pleura longtemps. Pierre la souleva et l'obligea à partir.

Ils refirent le chemin inverse vers Stadaconé. Ils marchaient moins vite qu'à l'aller. Ahonque était abattue par la tristesse.

Elle pensait à son père, qu'elle ne reverrait probablement plus, lorsqu'elle entendit une voix derrière elle.

— Souviens-toi, lui disait la voix. Tu m'as sauvé la vie en m'apportant du cèdre.

Ahonque se retourna. Le grand cerf plongea son regard dans ses yeux. Il pencha la tête et répéta :

— L'hiver dernier, tu m'as sauvé la vie en m'apportant du cèdre, répéta-t-il.

Sans rien ajouter, il escalada un talus. Il s'immobilisa pendant un instant et disparut.

***

Grâce aux bois magiques, Pierre et Ahonque guérirent tous les enfants malades de Stadaconé.

— Je dois repartir, annonça Pierre. Je dois aider mes compagnons.

— J'irai te voir à la nouvelle lune, promit Ahonque.

Cartier fut surpris de voir Pierre en pleine forme. Il l'interrogea, mais Pierre haussa les épaules. Il n'osait pas avouer au capitaine la vérité qui tenait de la magie. Cartier attribua cette guérison au jeune âge de Pierre. Bientôt, il n'y pensa plus. Il y avait tant à faire. Une cinquantaine de matelots agonisaient.

Pendant ce temps, à Stadaconé, Ahonque se creusait la tête. Elle ressassait les paroles mystérieuses du grand cerf. Elle coupa des branches de cèdre et les donna à manger aux adultes malades du village. Certains se prêtèrent de bonne grâce à l'expérience : ils avaient vu comment Ahonque avait sauvé leurs enfants. Ils ne guérirent pas.

Ahonque refusait d'abandonner. Elle pensa que l'annedda [10] ferait plus d'effet que du simple cèdre. Le chaman de Stadaconé, qui était beaucoup plus sensé que ne l'avait été Oraquan, lui suggéra de piler l'écorce et les feuilles et de les faire bouillir. Ils firent boire cette tisane aux malades.

Parmi eux, Domagaya venait voir Ahonque un jour sur deux. Il parlait un peu avec elle et avalait sa décoction.

Le remède donnait de bons résultats. Ahonque le constata en observant d'autres malades. Tranquillement, mais sûrement, ils se remettaient d'aplomb.

Domagaya fut le premier à guérir tout à fait. Alors qu'il chassait, près du fort des Français, Cartier l'aperçut et vint à sa rencontre.

---

10. Cèdre blanc.

— Comment as-tu guéri? l'interrogea le capitaine. Il y a deux semaines, tu avais la jambe aussi grosse que le corps d'un enfant de deux ans et tes gencives pourrissaient. Maintenant, te voilà qui chasses!

Domagaya lui donna la recette de la tisane d'annedda. Le lendemain, il revint au fort avec deux femmes de Stadaconé. Elles montrèrent à Jacques Cartier où trouver les arbres miraculeux. Il prépara les infusions.

***

Tous les matelots furent guéris. Après, ils eurent grand-faim. Domagaya leur enseigna l'usage des raquettes. Grâce à elles, ils pouvaient se déplacer sur la neige molle sans s'y enfoncer. Les Français prirent goût aux vastes espaces. Ils chassèrent et purent se nourrir de viande fraîche.

Cartier songeait à toutes les richesses qui devaient se cacher quelque part, loin à l'intérieur des terres. Peut-être trouverait-il aussi la mer de Chine?

Donnacona aimait raconter des histoires. Chaque fois qu'il ouvrait la bouche, il voyait les yeux du capitaine pétiller. Il lui parlait de royaumes remplis d'or et de rubis où les gens étaient habillés comme les Français.

Cartier croyait tout cela. Il voulait que le roi de France, François Ier, entende raconter de telles merveilles. Il décida donc de tendre un piège à Donnacona. Il l'invita à prendre un repas sur la *Grande Hermine* avec ses deux fils, Domagaya et Taignoagny. Puis il les empêcha de retourner à terre.

Quatre femmes, jeunes et moins jeunes, vinrent en canot et apportèrent du maïs et du poisson au chef iroquoien. Parmi elles se trouvait Ahonque, qui était dévorée par le désir de voir de nouveaux pays.

— Je pars avec toi, annonça-t-elle à Pierre, en abordant la *Grande Hermine*.

À l'aube du 6 mai 1536, les navires levèrent l'ancre et se dirigèrent vers la France. Il y avait à bord le vieux Donnacona, Domagaya et Taignoagny, trois autres adultes, une fillette de douze ans et deux petits garçons. Et Ahonque, bien sûr,

Les bois magiques

avec ses bois magiques. Ils avaient le coeur brisé par l'émotion. Ils firent de grands signes d'adieu aux habitants de Stadaconé, massés sur le rivage.

L'orphelins
des mers

Avant-propos

À la fin de l'hiver 1535, la famine sévit dans le village d'Achelacy, sur les rives du Saint-Laurent. Ahonque, une Iroquoienne âgée de onze ans, s'enfonce dans la forêt. En chemin, elle aperçoit un grand cerf étendu dans la neige, la patte brisée. Cela ferait beaucoup de viande pour nourrir sa famille!

Mais l'animal la supplie de ne pas le tuer. Il lui montre les bois qui sont tombés de sa tête un mois plus tôt. En cas de danger, Ahonque pourra sauver sa vie et celle d'un autre enfant en les croisant et en prononçant la formule appropriée. Chacun rajeunira alors d'un an.

Au cours de l'été, Ahonque fait une autre rencontre: des marins français. Partis de Saint-Malo, dans la province française de Bretagne, ils ont traversé l'Atlantique avec Jacques Cartier. Elle se lie d'amitié avec Pierre, jeune mousse de douze ans. L'hiver suivant, une maladie mortelle, le scorbut, oblige les enfants à utiliser les bois magiques.

Au printemps, Pierre retourne en France, accompagné d'Ahonque. Pendant plusieurs années, ils errent sur les routes. Puis ils tentent de revenir au Canada, sans succès.

Chaque Noël, ils croisent les bois et prononcent ces mots: «Cerf, gratte la terre et fais ce que tu dois faire.» Presque cinquante ans s'écoulent. Au moment où commence ce récit, en 1584, Pierre et Ahonque ont toujours douze et onze ans.

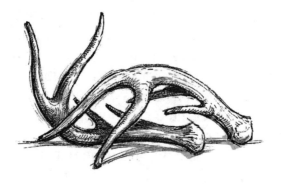

Chapitre I
Les chasseurs basques

Le baleineau vint au monde au début de l'hiver dans les eaux chaudes de la Floride. Son premier réflexe fut de chercher l'air. Il paniqua pendant quelques secondes, puis se sentit propulsé vers le haut. Sa mère, une baleine franche, le portait sur son dos. Il respira par les deux évents situés sur sa tête.

Au bout de trois heures, il savait nager. Il pouvait plonger sans risquer de se noyer. Il émergeait de l'eau à intervalles réguliers, expirait et aspirait l'air, puis replongeait.

Ce premier apprentissage complété, il eut une nouvelle sensation: la faim. Dans le ventre de sa mère, il avait été nourri sans avoir à faire quoi que ce soit. Maintenant, il devait agir. Sa gueule heurta quelque chose de très doux: il l'ouvrit et la referma. Il sentit aussitôt couler en lui un liquide chaud et très riche.

Sa mère se tourna sur le côté et le serra dans ses nageoires. Il s'endormit. À son réveil, il était encore blotti contre elle. Il se remit à téter. Chaque jour, il absorbait des quantités phénoménales de lait. Toutes ces calories s'accumulaient sous sa peau et formaient une couche de graisse de plus en plus épaisse, si épaisse qu'il flottait sans effort.

Pendant ce temps, sa mère ne mangeait rien. Elle maigrissait. Elle n'était pas la seule dans ce cas: d'autres femelles avaient mis bas peu de temps après elle. À la fin de l'hiver, le troupeau s'ébranla et se dirigea vers le nord.

Les baleines longèrent les côtes jusqu'à l'estuaire du Saint-Laurent. Vers la fin de l'été, elles avaient atteint leur garde-manger favori: l'embouchure du Saguenay.

Ici, les eaux glaciales du courant du Labrador rencontraient des eaux chargées de sédiments coulant de l'ouest et du nord. Les courants s'entrechoquaient. Les eaux se brassaient sauvagement. Dans cette soupe se multipliaient des milliards de copépodes, de minuscules crustacés à qui les plus grands animaux de la planète devaient la vie.

Le baleineau observait sa mère. À intervalles réguliers, elle refaisait surface et expirait. Son souffle jaillissait haut dans le ciel par ses évents. À son contact, l'eau de la mer se décomposait en gouttelettes.

À neuf mois, le baleineau avait toujours faim. Il ne pouvait plus compter uniquement sur le lait maternel. S'il s'approchait trop souvent de ses mamelles, sa mère le repoussait vigoureusement de son flanc. Il se décida donc à ouvrir sa gueule et à engouffrer lui aussi les crustacés.

Il restait aux aguets. En cours de voyage, il avait eu une peur épouvantable. Alors qu'il s'était imprudemment éloigné de sa mère, un épaulard avait foncé sur lui. Il s'apprêtait à planter ses dents acérées dans sa chair de bébé lorsque sa mère avait surgi. Elle avait éperonné l'épaulard, qui s'était enfui sans demander son reste.

Les marsouins [1], qui cabriolaient à l'embouchure du Saguenay, étaient autrement plus sympathiques. Joyeuses et très sociables, ces petites baleines blanches semblaient rire sans cesse. Leurs sons, aigus et

---

1. Aujourd'hui bélugas.

mélodieux, chatouillaient les oreilles du baleineau. Effrontés, les marsouins venaient parfois le frôler. Sans raison, il leur arrivait de sauter en l'air.

Le baleineau tenta l'expérience. Il plongea profondément, se redressa et fila à toute allure vers la surface. Il émergea complètement de l'eau. L'espace de deux secondes, il vit la terre ferme. Cela l'intrigua et il recommença plusieurs fois.

* * *

Le spectacle attira l'attention des Basques. Ces hommes rudes étaient les meilleurs chasseurs de baleines du monde. En fait, ils se définissaient comme des pêcheurs puisqu'ils croyaient que les baleines étaient des poissons. Ils devaient traverser l'Atlantique pour venir les chercher ici, car ils les avaient presque toutes exterminées chez eux, dans le golfe de Gascogne, au sud de la France.

Une fois fondue, la graisse d'une seule baleine franche pouvait donner de trente à soixante barriques d'huile. Celle-ci valait une fortune en Europe. Elle servait à éclairer les villes, à préserver le bois sur les

L'orphelin des mers

coques des bateaux, à préparer des médicaments et du savon.

Six Basques prenaient place dans une baleinière[2]. Assis à l'avant de l'embarcation, Esteban Larrea scrutait l'horizon depuis une heure, le harpon à la main. Si un baleineau sautait, c'est que sa mère nageait à proximité, se disait-il en lissant sa barbe avec ses doigts.

Il fit un signe à Miguel Detcheverry, le timonier, qui tenait le gouvernail à l'arrière.

— Je l'ai vu sauter aussi, répliqua Detcheverry, sur un ton mauvais. Ce n'est peut-être qu'un marsouin.

Les Basques dédaignaient les marsouins, qui ne fournissaient que peu d'huile. Mais les Larrea chassaient les baleines franches de père en fils depuis cinq siècles. Esteban savait les reconnaître, même de loin et même petites. Il n'appréciait guère qu'on mette son jugement en doute.

Detcheverry bloqua tout de même le gouvernail, se leva et plaça sa main au-dessus de ses yeux pour se protéger du so-

---

2. Sorte de chaloupe plate et effilée conçue spécialement pour poursuivre les baleines.

leil. Il aperçut le souffle en V de la mère, si caractéristique de son espèce. Il attendit une dizaine de minutes, revit le souffle et conclut qu'elle se dirigeait vers le sud-ouest, dans la direction d'où venait le vent.

Pendant un instant, il pensa donner l'ordre de tendre la voile. Mais il se ravisa. Même si les baleines franches nageaient lentement, celle-ci aurait le temps de s'enfuir pendant qu'il tenterait une approche en louvoyant.

— Toi, au troisième banc, descends la voile! ordonna-t-il. Les autres, ramez fort!

Detcheverry regarda derrière son épaule. La *Marie de Saint-Vincent,* ancrée en face de l'île Minigo[3], dansait sur les flots. Il crut deviner la silhouette du capitaine Micheau de Hoyarsabal épiant ses moindres gestes avec sa lunette d'approche. Dieu qu'il le haïssait!

* * *

Alors que ses hommes ramaient en direction de la baleine, Detcheverry se rappelait les trois mois d'humiliation qu'il

_____

3. Aujourd'hui l'île aux Basques, en face de Trois-Pistoles.

venait de subir. Il s'était embarqué comme second sur la *Marie* à Bordeaux, en France. Un autre bateau, l'*Espérance,* les suivait. Il était commandé par Pétrissans de Hoyarsabal, le fils de Micheau.

Peu de temps après le départ, alors que Detcheverry assurait le quart de nuit, la *Marie* avait pénétré dans un épais brouillard. Il avait perdu de vue l'*Espérance.* À son réveil, Micheau de Hoyarsabal avait constaté avec horreur que les deux bateaux étaient désormais séparés.

— Pourquoi n'avez-vous pas allumé les feux? avait hurlé le capitaine. Mon fils n'est jamais venu en Canada: il va perdre un temps précieux à nous retrouver! Retournez à votre poste!

Detcheverry avait avalé sa salive et répondu: «Oui, Monsieur». Il ne pouvait élever aucune protestation. La colère de Hoyarsabal était justifiée, mais les matelots n'étaient pas habitués à voir un capitaine sermonner son second devant eux. Ils avaient ricané. Ils détestaient Detcheverry, un homme cruel et injuste.

Tous savaient qu'il était protégé par son oncle, un riche armateur qui avait avancé

L'orphelin des mers

des fonds pour l'expédition. L'oncle avait entre autres fourni les baleinières.

Les embarcations, longues de dix mètres, avaient été chargées en pièces détachées sur la *Marie*. Le charpentier les avait remontées sur l'île Minigo. Puis le capitaine les avait mises à l'eau, avec ordre de poursuivre les baleines, de les tuer et de les remorquer jusqu'à l'île.

* * *

Detcheverry se secoua et chassa vite l'image du capitaine de ses pensées. Dans la baleinière, il était seul maître à bord. Les cinq membres de l'équipage devaient lui obéir au doigt et à l'oeil, y compris ce maudit Larrea, une forte tête qui se croyait supérieur parce qu'il était assis à l'avant et tenait le harpon.

Il montra le cap à suivre aux rameurs. Pour éviter le bruit, les tolets[4] étaient doublés de tresses faites de fil de chanvre et enduits de suif. La chaloupe progressait en silence. Detcheverry manoeuvra le gouvernail de façon à aborder la baleine

---

4. Chevilles qui servent d'appui aux rames.

obliquement, par l'arrière, afin de ne pas l'alerter.

Le baleineau ne se doutait aucunement du drame qui se préparait. Épuisé par ses nombreux sauts, il se contentait de nager à côté de sa mère, en ouvrant mollement la gueule. Puis il chercha une mamelle et se mit à téter goulûment. Sa mère le laissait faire, elle aussi inconsciente du danger.

La marée descendante les faisait dériver au large des côtes. Ils disparurent sous les flots. Detcheverry eut peur de les perdre. Il claqua à nouveau des doigts. Les hommes forcèrent l'allure. L'animal et son petit réapparurent à l'horizon.

— Bon Dieu! Ils sont déjà loin, siffla Larrea.

— Je n'ai pas besoin de tes commentaires, rétorqua Detcheverry. Rame et tais-toi! Je te dirai quand harponner.

Chapitre II
Naufrage à Terre-Neuve

Alors que le soleil brillait sur le Saguenay, le mauvais temps se levait sur les Grands Bancs de Terre-Neuve, à trois cents lieues[5] vers l'est. Le vent faisait tanguer la *Trinité,* un bateau breton équipé pour la pêche à la morue. Ahonque étouffait dans la cale et luttait contre le mal de mer.

Pour se faire embaucher, elle avait dû se déguiser en garçon. Elle avait coupé ses longs cheveux noirs, ne gardant qu'une petite queue de cheval. Elle portait une chemise de laine à manches longues et à col rond.

La traversée avait été pénible. La plupart du temps, elle avait dormi à la belle étoile, partageant une paillasse avec Pierre. Lorsqu'il pleuvait trop fort, elle se réfugiait sous le pont. L'air était imprégné

___
5. Une lieue équivaut à environ quatre kilomètres.

de mauvaises odeurs. Les pêcheurs ne se lavaient jamais. Les immondices accumulées sur le bâtiment dégouttaient par les interstices. Et que dire de la nourriture: des biscuits pourris, infestés de vers.

Mais elle avait tant rêvé de revenir chez elle, au Canada, qu'elle ne se plaignait pas. Elle se sentait pleine de reconnaissance envers Pierre pour avoir organisé le voyage.

Le jeune garçon gardait un souvenir vibrant du fleuve Saint-Laurent et de ses rives sauvages, couvertes de belles forêts et grouillantes d'animaux. Pierre avait eu l'impression d'y découvrir la liberté. Les peuples qui habitaient le fleuve ne vivaient pas dans l'abondance, certes, mais ils ne semblaient pas connaître la misère. Il n'y avait ni riches ni pauvres.

En France, c'était le contraire. Les nobles festoyaient dans leurs châteaux, tandis que des milliers de miséreux erraient sur les routes. Pierre avait participé à des révoltes de paysans, ce qui lui avait valu bien des ennuis. La police du roi le recherchait.

Par chance, il avait trouvé du travail sur un bateau de pêche, pour lui-même et pour Ahonque. Ils s'étaient embarqués à Saint-Malo.

Ahonque brûlait de l'espoir d'être déposée sur les côtes de son pays. Cependant, elle appréhendait de revoir les siens. Après toutes ces années, combien d'entre eux étaient encore vivants?

Elle sourit en pensant à son petit frère Tackro. Il était encore un bébé lorsqu'elle avait quitté son village d'Achelacy. Maintenant, il devait être un homme mûr, sans doute grand-père!

Après deux mois de navigation sur l'océan, la *Trinité* avait fait escale dans une crique, afin de remplir les tonneaux d'eau douce. Mais ces lieux étaient désolés et semblaient inhabités. Guy Cloarec, un pêcheur qui avait pris Ahonque sous son aile, lui avait expliqué qu'ils avaient atterri dans l'île de Terre-Neuve.

La *Trinité* avait tout de suite repris la mer. Le capitaine allait-il se diriger vers le grand fleuve, sur les rives duquel elle avait grandi?

— Peut-être bien que oui, peut-être bien que non, avait répondu Cloarec. Le capitaine va mouiller sur les Grands Bancs. Si la pêche est bonne, on va remplir les cales de morues et retourner en France. Si elle est mauvaise, on ira tenter notre chance sur la pointe de Gaspé.

Ahonque avait fait jurer à Pierre qu'ils déserteraient tous les deux, si jamais le bateau accostait à nouveau, sur n'importe quelle terre de ce côté de l'océan. Ils s'arrangeraient bien, ensuite, pour rejoindre Achelacy.

* * *

En attendant, Pierre et Ahonque devaient travailler du matin au soir. Ils maintenaient la cadence, sous peine d'être fouettés.

Comme les autres pêcheurs, Pierre se tenait debout dans un tonneau de chêne, attaché au bastingage. Cela lui permettait de garder les pieds au sec et de ne pas être projeté à gauche et à droite quand la houle était forte. Un grand tablier de cuir, noué à son cou, pendait hors du tonneau.

Il accrochait un morceau de maquereau sur sa ligne et la lançait à l'eau. Il recommençait l'opération avec une deuxième ligne. Il n'avait pas sitôt terminé qu'une morue avait mordu au premier hameçon.

Il remontait le poisson, le jetait encore vivant dans un bac et recommençait la manoeuvre. Ses muscles devenaient tout endoloris à force de soulever les morues, qui pesaient généralement plus de vingt livres.

Des garçons étêtaient et éviscéraient les poissons, puis les jetaient dans un tuyau. Ahonque et les autres saleurs les recevaient

dans la cale et les disposaient en rangs serrés. Ils les couvraient ensuite de sel et reformaient une autre rangée.

Ce travail était moins fatigant que la pêche mais très monotone, surtout pour une petite fille qui avait passé sa vie dehors, à Achelacy ou sur les routes de France.

* * *

La mer n'était plus seulement houleuse, mais démontée. Ahonque réprimait son envie de vomir, mais elle ne pourrait tenir le coup encore longtemps.

— Je vais être malade, annonça-t-elle.

— Un matelot qui a le mal de mer devrait plutôt garder les vaches dans les champs! rétorqua un saleur.

— Monte sur le pont, conseilla Cloarec. Avec cette mer-là, ils ont sûrement arrêté de lancer leur ligne. Bientôt, on n'aura plus de poisson à saler.

Ahonque ne se le fit pas dire deux fois. Elle escalada l'échelle et se retrouva enfin au grand air. La *Trinité* s'élevait et s'enfonçait avec violence dans les vagues. Le vent froid du Labrador soufflait par rafales et faisait pencher le bateau. Le ciel s'assombrissait, la mer grisonnait.

Pierre enleva son tablier et rangea son attirail. Ahonque se dirigea tant bien que mal vers lui, en essayant de ne pas glisser sur le pont mouillé. Un paquet d'embruns passa par-dessus le bastingage et les trempa des pieds à la tête.

— Retourne dans la cale, suggéra Pierre. Je crois qu'on va essuyer une grosse tempête.

— Non. Je dois rester dehors. J'ai besoin d'air, sinon je vais être malade.

— Comme tu veux. Mais accroche-toi bien.

Des trombes d'eau s'abattirent sur le bateau. La *Trinité* plongea dans l'abîme, puis se redressa. La charpente craquait, le gréement chantait méchamment. De gros nuages poussaient le navire vers la côte.

Le capitaine paraissait inquiet. Il avait déjà affronté des centaines de tempêtes, mais celle-ci l'avait surpris tout près de côtes qu'il connaissait mal.

À l'ouest, vers le large, la mer était hérissée d'une série de rochers traîtres et invisibles par gros temps sur lesquels pouvait se déchirer la coque du bateau. À l'est se dressaient les falaises de Terre-Neuve, dont il ne fallait pas s'approcher.

Le capitaine hésitait à voguer avec le vent à l'arrière: il prendrait trop de vitesse. Il était préférable de faire face à la tempête. De cette façon, le bateau s'immobiliserait.

— Jetez l'ancre! cria le capitaine.

La chaîne rugit dans l'écubier. Elle se tendit brutalement lorsque l'ancre toucha le fond. La *Trinité* se cabra, tel un cheval sauvage. Les vagues s'écrasaient sur la proue en sifflant.

Le vent augmentait d'heure en heure. Blottis contre le grand mât, dans l'attente de nouveaux ordres, Pierre et Ahonque observaient le capitaine, appuyé sur le gaillard d'arrière.

Il entra dans sa cabine et en ressortit avec une bouteille d'eau-de-vie. Son ivrognerie était chose connue. Les deux pieds écartés, il but au goulot. Les pans de son long manteau de cuir battaient au vent. L'homme était imprévisible et se donnait des airs de pirate: il portait à la ceinture une épée et une bourse. Il avala une autre rasade et dégaina son épée.

L'orphelin des mers

— Hé! toi, là-bas! hurla-t-il, en pointant son arme vers Pierre et Ahonque.

— Moi, Monsieur? fit Pierre.

— Non, l'autre. Celui qui ressemble à une fille.

Terrifiée, Ahonque marcha vers lui.

— Les saleurs m'ont appris que tu as quitté ton poste aujourd'hui. C'est vrai?

— Guy Cloarec m'en avait donné la permission, Monsieur.

— Et pourquoi as-tu quitté la cale?

— J'étais malade, Monsieur.

Le capitaine éclata de rire.

— Tu sais que je pourrais te trancher la tête d'un seul coup avec mon épée?

— Je n'en doute pas, Monsieur.

— Mais je ne le ferai pas. Je suis bon avec mon équipage, trop bon même. Tiens, bois ça si tu veux devenir un homme!

Le capitaine lui tendit la bouteille. Ahonque hésita, mais il leva son épée vers elle. Elle prit une gorgée et la recracha aussitôt. Elle ne pouvait empêcher son corps de tressauter. Le capitaine rit de plus belle. Il lui passa la main dans les cheveux.

— C'est bon. Retourne dans la cale. C'est dangereux ici.

Il vida la bouteille. Il entra se coucher dans sa cabine et s'endormit instantanément. La nuit tomba et le vent redoubla de force. Pire, il changea de direction. Il soufflait franc est, du large vers la côte.

Il se produisit alors un événement aussi imprévisible que le capitaine: l'ancre céda. Le second tenta de réveiller le capitaine, mais en vain. Sans voilure, la *Trinité* dérivait à toute allure vers les falaises de Terre-Neuve.

Pierre déboula dans la cale, empoigna Ahonque et la ramena sur le pont. Il détacha deux tonneaux.

— Quand le bateau fera naufrage, entre dans le tonneau et accroche-toi, cria-t-il. Même remplis d'eau, les tonneaux flotteront et nous protégeront.

— Attache-les ensemble. Je ne veux pas te quitter!

Ils se mirent à l'oeuvre avec adresse. Les deux tonneaux furent bientôt assujettis solidement l'un à l'autre. Ils avaient à peine fini leur ouvrage que la *Trinité,* soulevée par une lame gigantesque, se fracassait sur des rochers. La coque éclata et la mer s'engouffra dans la cale. D'autres vagues firent pencher le navire. Elles se succédaient à un rythme effréné.

Personne n'avait eu le temps de mettre la chaloupe à l'eau. Les cris des hommes se mêlaient aux hurlements du vent. Des pêcheurs réussirent à s'agripper à des bouts de bois, mais ils furent bientôt déchiquetés sur les pointes aiguisées des rochers. Les autres se noyèrent.

La mer se calma à l'aube. Un soleil pâle se leva sur un spectacle de désolation. Il ne restait plus rien du bateau, que des pièces éparses. Deux tonneaux couverts de cordes déchirées roulaient de chaque côté d'une plage de galets.

Chapitre III
Du sang dans le fleuve

Detcheverry avait joué de malchance. Pour des raisons inconnues, la baleine et le baleineau avaient sans cesse changé de direction. Pendant un instant, le timonier basque crut pouvoir les attraper. Juste au moment où il s'en approchait, la mère plongeait, suivie de son petit.

Le soir tomba. On n'y voyait plus rien. Il fallut se résoudre à retourner piteusement vers la *Marie*. Appuyé au bastingage, le capitaine Micheau de Hoyarsabal agitait sa lunette. Il ne cachait pas son mépris.

— Où donc avez-vous appris à gouverner, Detcheverry? Une baleinière n'est pas un carrosse! Vous n'êtes pas dans les rues de Bordeaux, ici! Vous n'êtes pas en Canada pour vous promener, bon Dieu!

Le harponneur Esteban Larrea rit en son for intérieur. Les allusions du capitaine au carrosse et aux rues de Bordeaux avaient tout pour le réjouir.

La famille de Detcheverry était fortunée, et celui-ci aimait le montrer. Il se pavanait souvent dans son pourpoint jaune, un vêtement en drap de Hollande pourvu de manches bouffantes qui lui couvrait le torse. Il ne quittait jamais son couvre-chef garni de plumes, comme s'il voulait impressionner une dame distinguée.

«En tout cas, il n'a guère impressionné la baleine», se dit Larrea.

Les hommes prêtèrent main-forte aux membres de l'équipage de la seconde baleinière. Ceux-là avaient tué une baleine: ils la remorquaient vers l'île. Ils se relayèrent pour la dépecer et faire fondre sa graisse.

Ils se couchèrent sur le pont de la *Marie* après minuit, mais dormirent peu, car la tempête qui faisait rage à Terre-Neuve entra dans le fleuve. Une pluie glaciale les réveilla, puis elle cessa.

Ce fut le capitaine qui leur indiqua le cap. Juché au haut du mât de misaine, un matelot avait repéré le baleineau dès les premières lueurs de l'aube. Le jeune animal s'amusait encore à sauter. Armé de sa lunette, le capitaine avait à son tour distingué le souffle de la mère, vaporeux et empourpré.

— Cette fois, Detcheverry, ne la ratez pas.

— Non, Monsieur.

Detcheverry huma le vent et ordonna aux rameurs de dérouler la voile. La baleinière traversa le fleuve à vive allure. Le timonier n'avait qu'à tenir le gouvernail. Une fois rendu sur l'autre rive, il fit rentrer la voile. Mieux valait terminer l'approche à la rame.

Ils aperçurent un grand amas d'eau blanche agitée, à côté d'un remous plus petit. Ils ne pouvaient attaquer en meilleure position: à l'arrière, du côté du large. La baleine serrait la côte et ne se doutait de rien. Le moment était crucial. Il fallait éviter à tout prix qu'elle n'entende les hommes. Elle risquerait alors de plonger.

Larrea fixa son aviron dans le trou d'une pièce de bois, à ses pieds, et se leva. Il mit sa main gauche derrière son dos et fit des signes pour indiquer la voie à suivre. De sa main droite, il saisit les lances et les harpons entreposés sous les bancs et les plaça dans une fourchette à l'avant de la baleinière. Il attendit que Detcheverry claque des doigts.

Mais Detcheverry tarda à donner l'ordre de harponner. La baleine vit une ombre glisser vers elle. Elle roula son immense corps vers le fond. Sa queue émergea dans le ciel et se rabattit tout près de l'embarcation.

Larrea serra le poing. Il se mordit les lèvres pour ne pas jurer. Il ne pouvait insulter son supérieur sans risquer des représailles, mais il ne résista pas à son désir de faire un geste insolent. Il s'accouda sur le plat-bord, ferma les yeux et bâilla.

— Larrea, ce n'est pas le moment de dormir! cria Detcheverry. La pêche n'est pas finie!

Nul besoin, désormais, de parler tout bas. La baleine était alertée. Inutile d'avoir recours à la ruse: seule la force en viendrait à bout. La force des bras contre celle d'un monstre capable de les engloutir avec sa seule queue. Mais la baleine franche est un animal pacifique, inconsciente de sa puissance. C'est ce qui en faisait une proie relativement facile.

La mère réapparut en plein milieu du Saguenay, là où les courants étaient les plus traîtres. Detcheverry relança la baleinière à sa poursuite. Les hommes peinaient sur les rames.

Cette fois, Larrea se promit de ne pas attendre l'ordre de lancer son harpon. Il avait assez d'expérience pour juger lui-même du bon moment. S'il atteignait sa cible, Detcheverry ne pourrait lui faire aucun reproche. S'il la ratait... eh bien, il ne la raterait pas.

La baleine se sentait coincée. L'instinct lui dictait de ne pas s'enfoncer dans le fjord du Saguenay. Elle voulait prendre le large. Par ailleurs, elle ne pouvait pas nager à sa vitesse maximale: son petit ne pourrait pas la suivre.

Les hommes crièrent pour l'effrayer. Elle tourna en rond. Ce fut une erreur fatale. Elle avait perdu de précieuses secondes, qui permirent aux hommes de ramer jusqu'à elle.

Larrea appuya sa jambe gauche dans le trou en demi-lune aménagé à la proue. Il affermit son pied droit contre son banc. Sans attendre le signal de Detcheverry, il projeta son harpon, en évitant la tête, trop osseuse.

L'embarcation était si proche de la baleine qu'il eut le temps d'appuyer de tout son poids sur son arme. La pointe de métal traversa l'épaisse couche de graisse et s'enfonça dans un muscle.

La baleine sentit une vive douleur dans son dos et s'enfuit le plus vite possible vers le large. Detcheverry plaça son embarcation dans le même sens qu'elle. Le harpon était relié à la baleinière par une corde de chanvre, enroulée dans deux paniers. L'autre extrémité était attachée au banc du dernier rameur.

— Rangez les avirons! hurla le timonier.

La corde se déroulait tellement vite qu'elle sifflait dans la cannelure de l'étrave. La pièce de bois chauffait et dégageait de la fumée. Elle risquait de s'enflammer.

— Mouillez la ligne! Vite, mouillez la ligne! cria Detcheverry.

Les rameurs ôtèrent leur chapeau, le remplirent d'eau et se mirent à arroser la corde. Soudain, ils furent projetés vers l'arrière. Le banc où était attachée la corde grinça. Celle-ci claqua sur l'étrave: elle était tendue comme une corde de guitare. Tirée par la baleine blessée, l'embarcation filait sur l'eau.

L'orphelin des mers

Larrea ne quittait pas son dos des yeux. Si jamais l'animal plongeait, il faudrait redoubler de vigilance.

Les baleines blessées plongeaient parfois si soudainement qu'elles entraînaient les chaloupes sous l'eau. Or peu d'hommes savaient nager. De toute façon, l'eau était glaciale: ici, même un bon nageur ne pouvait survivre plus de quelques minutes. Un couteau à la main, le dernier rameur se tenait prêt à couper la corde.

Le baleineau ne comprenait pas ce qui se passait. Il voyait que sa mère avait peur et mal, et cela le remplissait d'effroi. Il sentait confusément que cet étrange animal de bois, derrière elle, la poursuivait. Il ne pouvait comprendre comment une si petite chose pouvait menacer sa mère, si grande et si forte. Il tentait en vain de la rattraper.

La baleine longea des falaises et de longues langues rocheuses, qui s'avançaient dans le fleuve. La corde vibrait. Les hommes, surexcités, criaient. Le bateau montait et descendait sur les vagues. Un remous se formait dans son sillage. Il fallait bouger le moins possible. Le moindre mouvement à bâbord ou à tribord risquait de faire chavirer l'étroite embarcation.

La baleine finit par ralentir. Elle était épuisée. Le baleineau, essoufflé, se rangea près d'elle.

— Larrea! cria Detcheverry. Prenez ma place! Je m'occupe de la lance.

— Est-ce qu'on ne devrait pas attendre d'aller moins vite... C'est encore un peu risqué.

— Ne discutez pas mes ordres!

Telle était la coutume: la tâche de tuer la baleine revenait au timonier, premier maître à bord. Celui-ci devait changer de place avec le harponneur. La manoeuvre était délicate, mais elle réussit. Detcheverry empoigna la lance.

— Sortez les avirons! ordonna-t-il. Ramez! Plus vite que ça! Allez, bon Dieu, ramez!

La baleine plongea, mais revint vite respirer à la surface.

— C'est bon! Lâchez les avirons! Tirez sur la corde!

La main sur le gouvernail, Larrea ruminait. Il n'avait aucune confiance en ce Detcheverry, qui changeait ses ordres à tout moment. Aucune confiance, non plus, dans ses capacités de tuer la baleine vite et bien.

L'animal reprit sa course, à moins vive allure cependant. Les hommes tiraient sur la corde, ramaient, tiraient de nouveau sur la corde pour s'en approcher. Larrea rangea l'embarcation contre son flanc. Detcheverry visa le coeur et les poumons. Il enfonça sa lance et la secoua pour faire le plus de dommages possible. Il la retira et la fit pénétrer de nouveau dans les chairs.

La douleur paralysa la baleine. Elle roulait de gauche à droite. Les rameurs avançaient et reculaient, pendant que Detcheverry poursuivait son travail de boucherie. Dans un dernier sursaut d'énergie, l'animal plongea sous l'embarcation en tentant de donner un coup de queue. Mais la queue claqua sur l'eau, éclaboussant à peine les prédateurs.

Le fleuve se couvrit de sang. La bête était incapable de rester longtemps sous l'eau. Elle respirait par à-coups. À chaque respiration, une fontaine de sang jaillissait de ses évents. Ses forces diminuaient rapidement.

Detcheverry tirait sur le filin auquel était fixée la lance, redressait l'arme et la plantait encore dans la blessure béante. Il l'enfonçait de plus en plus profondément. La torture était méthodique et efficace.

L'immense animal se convulsa, se secoua, tourna sur lui-même et s'immobilisa, sans vie.

D'habitude, les rameurs auraient poussé des bravos. Mais ils détestaient tant Detcheverry qu'ils restèrent silencieux. Aucun d'eux ne le félicita. Larrea enroula la corde autour de la queue de la baleine. Il fit un noeud coulant et serra. Puis il reprit sa place.

Le capitaine Micheau de Hoyarsabal avait déjà envoyé une seconde baleinière pour leur prêter main-forte. Elle arriva bientôt. Les deux embarcations furent attachées l'une derrière l'autre. Commença alors un épuisant travail de remorquage.

Les Basques appelaient les baleines franches les «bonnes» baleines, parce que, après la mise à mort, elles flottaient, tandis que d'autres espèces coulaient. Mais remorquer une telle masse n'en demeurait pas moins une tâche ardue.

Il fallut plus de dix heures pour atteindre l'île. Les baleinières traînaient leur lourd fardeau le long de la rive nord. Le spectacle attira l'attention d'un grand cerf, qui broutait sur une falaise. Ses bois magnifiques se profilaient dans le soleil couchant.

Ce grand cerf était doté de pouvoirs magiques. Il pouvait communiquer autant avec les hommes qu'avec les animaux. Il se préoccupait du sort des uns et des autres. Très vieux et pourtant très fort, il régnait sur les forêts infinies tel un esprit bon et généreux.

Il ne connaissait rien à la mer ni au fleuve, mais en regardant les baleinières, il comprit ce qui s'était passé. Il souffrait de voir le jeune baleineau nager faiblement, tout contre le flanc de sa mère morte.

Il n'était pas le seul à l'observer.

— Regardez-moi ce petit! dit Detcheverry aux rameurs, dont les mains se couvraient d'ampoules à force de tirer sur les avirons. Ce serait une affaire de rien de le tuer lui aussi.

— Sauf votre respect, je crois que ça n'en vaut pas l'effort, hasarda Larrea. Pour le peu de graisse qu'il nous donnerait...

— Larrea, vous avez la mauvaise habitude de discuter. J'admets que, ce soir,

il est un peu tard pour repartir en chasse. Mais nous tuerons cette petite baleine à la première occasion. Cette fois, c'est vous qui tiendrez la lance. C'est vous qui la dépècerez et qui fondrez sa graisse, sans aide. Cela vous apprendra à vous taire.

Lorsque sa mère fut halée sur les rives de l'île, le baleineau eut envie de se laisser mourir aussi. Il retraversa le fleuve, puis s'obligea à arrêter de nager. Il dérivait quand il entendit des sons tout à fait nouveaux, qui semblaient émerger de son propre cerveau. C'étaient des sons très apaisants.

Il se secoua, plongea et réapparut à la surface de l'eau. Il respira profondément et se laissa tenter par un amas de petits crustacés. Les sons ne le quittaient pas. C'était comme s'ils lui donnaient l'ordre de nager et de manger. Il ne pouvait leur désobéir.

Le grand cerf veilla sur lui jusqu'à la tombée de la nuit, fier d'avoir pu lui communiquer la force de vivre et de se battre.

Chapitre IV
La chaleur du feu

Ahonque fut la première à reprendre conscience. D'abord, elle ne sut pas où elle se trouvait. Il faisait noir. Elle était ballottée dans un réceptacle sombre et rempli d'eau glaciale. Elle ne sentait plus ses mains, autour desquelles s'entortillaient des cordes. Enfin, elle se souvint de la tempête et du naufrage.

Elle dégagea ses mains et sortit du tonneau. Elle rampa sur la plage, toussa et s'évanouit à nouveau. Lorsqu'elle rouvrit les yeux, elle se sentit abandonnée. Petit à petit, elle se remémorait les événements.

Elle se rappela qu'elle et Pierre s'étaient réfugiés dans leur tonneau au moment même où une vague monstrueuse propulsait le bateau contre un rocher. Ensuite, tout n'avait été que cris et fracas. Elle s'était recroquevillée dans le fond du tonneau.

L'eau froide lui avait glacé les membres: fort heureusement, elle s'était retirée chaque fois qu'Ahonque croyait être sur le point de se noyer. Le tonneau avait percuté contre quelque chose de dur. C'est à ce moment qu'elle avait perdu conscience.

Elle ignorait que presque vingt-quatre heures s'étaient écoulées depuis le naufrage. Elle frissonna. «Je dois agir», se dit-elle. Soudain, elle eut peur. Où était le tonneau de Pierre?

Elle cria son nom à plusieurs reprises: elle n'entendit aucune réponse. Elle se mit à courir sur la plage. Ses jambes étaient engourdies. Elle s'enfargeait dans les galets, tombait sur les coudes, se relevait et retombait encore.

Enfin, elle aperçut une masse noire et cylindrique à quelques pas. Le corps de Pierre émergeait du tonneau, immobile. Ses mains étaient attachées à des cordes.

Ahonque les défit et étendit son ami sur les cailloux. Elle posa son oreille sur son coeur: il battait très faiblement. Elle massa vigoureusement ses joues, son cou, sa poitrine. Après de longues minutes, aucune chaleur ne semblait revenir dans son corps.

Les yeux d'Ahonque s'habituèrent à l'obscurité. En frictionnant Pierre, elle avait senti quelque chose de pointu, à la taille. Elle fouilla sous la chemise et trouva l'un des bois magiques du grand cerf. Mais où était l'autre, celui qu'elle gardait toujours avec elle?

Elle courut vers son tonneau, le vida de son eau et tâtonna dans l'obscurité. Le bois avait sûrement été emporté par la tempête. Ahonque ne pouvait plus compter sur ce pouvoir pour sauver Pierre. Il fallait absolument croiser les deux moitiés pour que la magie opère.

Le ciel se teintait de rose, loin vers l'est, au-dessus de la mer maintenant calme. Ahonque savait que le coeur de Pierre cesserait de battre avant le lever du soleil si elle ne trouvait pas une façon de réchauffer son corps. Rapidement, elle escalada la falaise qui cernait l'anse et s'engagea dans la forêt.

La chance était de son côté. En quelques minutes, elle distingua un bosquet de tilleuls. Leurs feuilles, encore toutes mouillées, embaumaient l'air. Un des arbres avait été frappé par la foudre: de petites branches pendaient, sèches et légères.

Ahonque les arracha. Plus loin, elle aperçut un vieil érable mort, toujours debout. Un pic-bois avait percé son tronc. Elle enfonça sa main dans le trou et saisit des débris de bois sec.

Elle revint à la hâte vers Pierre. Il respirait à peine. Elle empoigna son couteau, fit une entaille dans une branche de tilleul et y jeta de la poudre de bois d'érable. Elle appuya l'extrémité d'une autre branche de tilleul dans l'entaille et la tourna entre ses mains. Au bout d'une minute, la friction des branches enflamma la poudre.

Ahonque interrompit ses manoeuvres et déposa des brindilles sur la flamme minuscule. Elle se pencha et souffla très doucement. Après s'être assurée que le feu ne s'éteindrait pas, elle ramassa sur la grève des morceaux de bois blanchis par la mer. C'était un combustible épatant. Bientôt, un immense feu embrasait la baie.

Le soleil apparut au-dessus de l'océan. Ahonque poussa le feu avec ses bottes et enleva les braises. Elle fit rouler le corps de Pierre sur les galets brûlants. Des volutes de vapeur montaient de ses vêtements mouillés. Elle le frictionna encore et encore. Une colère sourde l'envahit.

— Pierre! Ne meurs pas! cria-t-elle. Réveille-toi! Tu n'as pas le droit de m'abandonner!

Elle le gifla de toutes ses forces.

Enfin, il émit un grognement.

Le soleil était haut dans le ciel quand il se décida à ouvrir les yeux.

* * *

Le spectacle était horrible. La mer avait rejeté les noyés sur la plage. Pierre et Ahonque creusèrent des fosses au pied des falaises et y déposèrent les corps. Ils les recouvrirent de cailloux. Ahonque ravala ses larmes lorsqu'ils ensevelirent la dépouille de Guy Cloarec. Pierre planta des croix sur les monticules.

Ils se blottirent près du feu toute la nuit et n'échangèrent aucune parole. Le lendemain matin, ils eurent faim. Pierre examina les débris du navire. Tous les tonneaux avaient été éventrés. Il ne restait ni biscuits ni morues.

— On a survécu au naufrage et au froid. Ce serait trop bête de mourir de

L'orphelin des mers

faim. Si au moins on avait les bois magiques!

— Ne t'inquiète pas, répondit Ahonque. On trouvera bien à manger dans la forêt.

— Sans fusil et sans arc?

— Il suffit d'un bâton. Suis-moi.

Ils grimpèrent sur les rochers et longèrent un ruisseau.

— Où m'amènes-tu?

— Chut!

Ahonque marchait à pas feutrés, les yeux grands ouverts, tous ses sens aux aguets. Soudain, elle s'immobilisa. Une perdrix picorait la terre dans les fourrés. Pierre se pencha et ramassa un caillou. Il visa la tête de l'oiseau. Le caillou alla ricocher contre un arbre. La perdrix s'envola dans un fracas d'ailes. Ahonque examina Pierre, l'air moqueur.

— Que tu es bon chasseur!

— Ne te moque pas de moi! La situation est grave!

— Pas du tout. Ce n'est pas la perdrix qui m'intéressait. Regarde, là, la tache brune dans cet érable.

Une grosse boule se camouflait dans la fourche de l'arbre. Ahonque saisit une branche morte et s'approcha de l'animal. Le porc-épic dressa ses piquants. Ahonque lui fit perdre l'équilibre. Il dégringola sur le sol. Elle força Pierre à s'asseoir à côté d'elle.

— Tu vas m'obliger à avaler cette pelote d'aiguilles? demanda-t-il.

— La chair est délicieuse. Mais tais-toi donc! Tu lui fais peur.

Pierre se tut. N'entendant plus rien, le porc-épic se risqua à sortir la tête de sa carapace piquante. Ahonque l'assomma d'un coup sec et précis.

Les deux enfants se régalèrent. Ahonque avait tellement faim qu'elle ne prit pas la peine de faire cuire la viande. Plus gourmet, Pierre fit grésiller ses portions sur le feu.

— Demain, c'est moi qui tuerai la perdrix, annonça Ahonque. À moins qu'on n'assomme un autre porc-épic, ou encore un raton laveur. Je tresserai les nerfs pour faire une corde. Tu chercheras une belle branche de frêne pour fabriquer un arc. Et aussi des cailloux très pointus pour les flèches. Je t'apprendrai à chasser l'orignal. Il y en a plein ici: j'ai vu beaucoup de traces.

Elle écrasa deux petites baies bleues entre ses doigts et goûta leur jus.

— As-tu remarqué? ajouta-t-elle. La forêt est remplie de petits fruits à cette époque. Sans compter les milliers de coquillages quand la mer se retire!

— Bon sang, tu rêves vraiment de t'installer ici?

— M'installer, non. Prendre notre temps, oui. Le temps de fabriquer un canot pour rejoindre Achelacy.

— En canot d'écorce sur la mer! Cloarec a dit qu'il y a au moins cent lieues pour atteindre la pointe de Gaspé!

Pierre dévisagea son amie. Il s'était toujours comporté avec elle comme un grand frère. En France, c'est lui qui lui venait en aide. Il avait l'impression d'avoir plus de connaissances et d'expérience qu'elle. Il savait aussi qu'il était plus fort. Il se vantait de la protéger: cela lui donnait de l'assurance.

Mais ici, sur cette plage perdue au bout du monde, les rôles étaient inversés. Elle lui avait sauvé la vie. Non pas avec les bois magiques, mais avec son intelligence et ses habiletés. C'est elle qui prenait le commandement. Cela l'agaçait un peu, mais il dut se rendre à l'évidence: Ahonque connaissait la nature sauvage beaucoup mieux que lui.

Il admira son visage, à la fois si doux et si déterminé. Qu'elle avait du courage! Il hésitait néanmoins à remettre son destin entre ses mains. Cette idée d'affronter la mer dans un petit canot l'effrayait. Il s'allongea près du feu et s'endormit. Il rêva qu'il retournait en France et vivait dans une jolie maison confortable, entourée de prés bien aménagés.

* * *

Ils n'eurent pas besoin de fabriquer de canot. Quelques jours après le naufrage, un bateau semblable à la *Trinité* se pointa à l'horizon. Pierre alimenta le feu avec des troncs d'arbres entiers pour le transformer en gigantesque bûcher. Il attacha sa chemise à une branche et l'agita au-dessus de lui.

Debout à la proue de l'*Espérance,* Pétrissans de Hoyarsabal le regardait gesticuler. Il examina aussi l'épave de la *Trinité.* Lorsqu'il jugea qu'il s'était assez approché de la côte, il rangea sa lunette dans sa veste et ordonna qu'on jette l'ancre.

— Descendez les baleinières! cria-t-il. Préparez les tonneaux. On fera le plein d'eau ici.

L'orphelin des mers

Pierre explosa de joie.

— Ils nous ont vus! On est sauvés!

— Et que feras-tu si ce bateau se dirige vers la France? demanda Ahonque, vaguement inquiète.

— Eh bien... nous n'avons pas beaucoup le choix. Nous retournerons en France et reviendrons en Canada une autre fois.

— Jamais, entends-tu! Je préfère mourir ici que de retourner en France!

Ahonque s'enfuit avant que Pétrissans de Hoyarsabal mette pied à terre. C'était un jeune homme élancé, au regard franc, mais dur. Il connaissait mal la langue française, si bien qu'il économisait ses paroles.

— Pêcheur breton? demanda-t-il.

— Oui.

Pierre ne savait pas s'il devait manifester sa joie ou se montrer méfiant devant un capitaine apparemment espagnol. Il n'ignorait pas que les relations étaient tendues entre la France et l'Espagne. Il alla droit au but:

— Vous êtes espagnol?

— Non. Basque.

— Ah oui...

Pierre se souvint d'avoir rencontré des pêcheurs et des commerçants basques à Saint-Malo. Il avait appris qu'ils vivaient de part et d'autre des Pyrénées, une chaîne de montagnes qui sépare la France et l'Espagne. Leur langue ne ressemblait à aucune autre. Ils étaient reconnus pour leur esprit d'indépendance. Ils se mêlaient peu aux Français.

Les Bretons se méfiaient d'eux: ils craignaient qu'ils viennent leur faire concurrence. Mais les pêcheurs basques ne faisaient pas le même commerce. S'ils s'arrêtaient à Saint-Malo, et dans d'autres ports de mer, ce n'était pas pour vendre de la morue, mais bien de l'huile de baleine.

Pendant que l'équipage de l'*Espérance* remplissait les tonneaux à l'embouchure du ruisseau, Pétrissans de Hoyarsabal expliqua sa situation. Il était parti de Bordeaux avec son père et ils s'étaient perdus de vue, une nuit d'épais brouillard. Il avait affronté de terribles tempêtes et pris beaucoup de retard.

— Tu es de Saint-Malo? demanda-t-il.

— Oui.

— As-tu entendu parler de Jacques Cartier?

— Bien sûr, j'ai voyagé...

Pierre se mordit la langue: qui pourrait croire qu'il avait voyagé avec Jacques Cartier cinquante ans plus tôt?

— Mon grand-père a navigué avec lui et m'a tout raconté.

— J'ai lu ses récits, ajouta Pétrissans. Cartier décrit un grand fleuve, vers l'ouest. Je dois rencontrer mon père là-bas. Pour pêcher la baleine.

— Je vais vous guider! Mon grand-père m'a parlé d'un endroit, au milieu de ce fleuve, où toutes les baleines se retrouvent! Je sais où c'est!

— Très bien.

— Ahonque! cria Pierre. Ahonque, le capitaine nous amène chez toi!

Pierre marcha sur la plage et appela son amie à plusieurs reprises. Le soir tombait et les baleinières s'apprêtaient à regagner l'*Espérance*. Il redescendit sur la plage, l'âme en peine.

— Alors? demanda le capitaine. Tu restes ici?

— Je n'ai pas le choix. Je ne peux pas abandonner mon amie.

— Très bien.

Les pêcheurs basques avaient déjà donné

vingt coups de rame quand Ahonque apparut sur la plage. Elle s'était cachée au fond d'une crique, un peu plus loin, de crainte que Pierre ne l'oblige à retourner en France.

La chance lui avait souri: elle avait retrouvé sa moitié des bois magiques, coincée sous une roche. La tempête l'avait sans doute recrachée là, en même temps que les autres débris. Ahonque mourait d'envie de montrer sa découverte à Pierre.

— Regarde, cria-t-elle, tout excitée. Je l'ai retrouvé!

— Ahonque! Ils s'en vont vers Achelacy!

— Tu es sûr?

— Mais oui. Ohé, capitaine! Revenez! On part avec vous!

Chapitre V
Cap sur l'ouest

Tout comme celui de la *Marie de Saint-Vincent,* l'équipage de l'*Espérance* avait été rassemblé dans les villes basques de San Sebastian et de Saint-Jean-de-Luz.

Entre eux, les chasseurs de baleine parlaient leur langue. Ils émaillaient parfois leurs conversations de mots espagnols. Quant à leur français, il était abominable. Pierre ne comprenait rien à ce qu'ils racontaient.

Pétrissans de Hoyarsabal naviguait vers l'ouest. L'*Espérance* vogua au nord des îles de la Madeleine et atteignit la pointe de Gaspé. À partir de là, Pierre donna quelques conseils au capitaine. Celui-ci devait prendre garde aux hauts-fonds et aux courants, traîtres à certains endroits.

— Il serait plus sage de naviguer au centre du fleuve, suggéra Pierre, encore traumatisé par son récent naufrage.

Ahonque se sentait de plus en plus excitée. Quand elle était toute petite, elle
avait participé à une expédition sur le
fleuve. Elle crut reconnaître des baies où
sa famille avait campé.

Le vent qui soufflait de la terre lui ap-
portait des odeurs familières. Elle salua
les goélands et les cormorans. Elle
s'amusa de voir les phoques qui se pré-
lassaient sur les roches plates et se chauf-
faient au soleil. Un soir, elle crut distin-
guer un troupeau de caribous sur la crête
d'une montagne.

S'exprimant par signes, elle fit comprendre aux pêcheurs basques qu'elle était

née dans ce pays. L'un d'entre eux l'amena dans la cale et lui montra des coffres remplis de perles de verre. Il y en avait de toutes les couleurs et de toutes les formes: ovales et verdâtres, rondes et turquoise, plates et noir opaque. Elles étaient toutes trouées en leur centre.

Ahonque comprit qu'elles devaient servir au troc. Le pêcheur lui en donna deux pleines poignées. Elle confectionna des colliers, dans l'espoir d'en faire cadeau à ses nièces.

Au bout de quelques jours, elle s'étonna de ne voir aucun membre de son peuple.

Chaque été, les Iroquoiens avaient l'habitude de venir pêcher dans l'estuaire du fleuve. Ahonque espérait apercevoir un canot. Elle pourrait alors demander des nouvelles de son village. Mais aucun canot ne voguait sur ces flots, qui semblaient déserts. Son peuple avait-il été exterminé? L'angoisse l'étreignit.

L'*Espérance* atteignit enfin son lieu de rendez-vous. L'équipage de la *Marie de Saint-Vincent* poussa des hourras. Micheau de Hoyarsabal échangea une poignée de main avec son fils.

— J'étais inquiet, avoua-t-il.

— Moi aussi!

— Il était temps que tu arrives: la saison achève. Qui sont ces deux enfants?

— Un pêcheur breton et une petite Indienne. Ce sont les seuls rescapés d'un naufrage à Terre-Neuve. C'est curieux: ce sont des enfants, mais ils semblent bien connaître la région.

— La petite pourra nous aider à faire du troc à Tadoussac, de l'autre côté du fleuve. Quant au garçon, il embarquera dans la baleinière de Detcheverry. Il remplacera un membre de son équipe qui s'est noyé la semaine dernière.

* * *

Ahonque ne dormit pas de la nuit. Elle profita de l'obscurité pour fureter dans les cales de la *Marie de Saint-Vincent.* Elle découvrit ce qu'elle cherchait: une belle peau d'ours, que Micheau de Hoyarsabal avait dû obtenir en échange de quelques perles.

Elle la plia et découpa un demi-cercle dans le pli. Puis elle se débarrassa de ses vêtements de pêcheur breton et enfila la peau, la fourrure à l'intérieur et le cuir à l'extérieur. Elle la ceignit à sa taille avec une corde.

«Ainsi, à Tadoussac, on ne me confondra pas avec une Blanche, se dit-elle. Je redeviens enfin ce que je suis.»

Elle caressa la carapace de tortue qui pendait au bout de son collier de coquillages, qu'elle n'avait jamais quitté pendant toutes ses années passées en France.

À l'aube, elle reçut les ordres de Micheau de Hoyarsabal.

— Ce n'est pas toujours facile de négocier avec les Sauvages[6], dit-il. Ils connaissent quelques mots de basque, mais pas beaucoup. Je parlerai français et tu traduiras.

— Oui, Monsieur.

— Pétrissans! poursuivit le capitaine en s'adressant à son fils. Plutôt que de transborder les marchandises, nous allons changer de navire. Prends le commandement de la *Marie*. Je vais amener l'*Espérance* à Tadoussac.

---

6. Pendant longtemps, c'est ainsi que les Blancs désignaient les autochtones.

Dès que le bateau s'approcha de Tadoussac, Ahonque sut qu'elle n'y rencontrerait aucun Iroquoien. Au contraire, le village était habité par les ennemis traditionnels de son peuple: des Montagnais.

Les habitations n'étaient pas longues et rectangulaires, mais coniques. Une douzaine de perches, disposées en cercle, se croisaient au sommet de chaque tente. Les parois étaient faites d'écorce.

Ahonque se sentait à la fois terrifiée et curieuse. C'est qu'elle était née de parents montagnais. Alors qu'elle avait cinq printemps, elle avait été enlevée par des Iroquoiens et adoptée par eux. Une foule de souvenirs longtemps tapis dans les recoins de sa mémoire refirent surface. Elle se remémora des mots montagnais qu'elle croyait à tout jamais oubliés.

Micheau de Hoyarsabal fit jeter l'ancre au milieu du Saguenay. Un canot vint rapidement vers l'*Espérance*. Un homme grimpa sur le pont.

— Fais-lui savoir que mon fils a apporté de nouvelles marchandises, dit le capitaine.

Ahonque fit signe à l'homme de la suivre vers les coffres remplis de perles.

L'homme fit la moue. Elle informa le capitaine de sa déception.

— Avez-vous autre chose?

— Quoi? Il n'en veut pas?

— Peut-être, mais il veut savoir si vous avez d'autres marchandises.

— C'est tout ce qu'il y a pour l'instant.

L'homme la dévisageait.

— Qui es-tu? demanda-t-il. Tu nous ressembles, mais tu parles la langue des Blancs.

— Je suis Ahonque.

— C'est un nom iroquoien.

— Mes vrais parents étaient montagnais.

Elle se surprit de pouvoir converser sans difficultés avec lui.

— Qu'est-il arrivé aux Iroquoiens? s'enquit-elle.

— On leur a fait la guerre. Ils ont été chassés du fleuve. Ils se sont battus avec courage: beaucoup sont morts. D'autres sont partis là où le soleil se couche.

Ahonque regarda vers l'ouest. Qu'était-il arrivé à ses frères et soeurs? Ils étaient sûrement tous morts. Son coeur se serra de chagrin. Malgré ces terribles nouvelles, elle voulait revoir les lieux de son enfance, retourner à cet endroit où s'élevait jadis Achelacy.

«J'ai vécu avec les Montagnais, les Iroquoiens et les Français, se dit-elle. Maintenant, je n'appartiens plus à aucun peuple. Je veux revenir chez moi et mourir là-bas.»

La voix de Hoyarsabal la tira de ses tristes pensées.

— Si les perles ne suffisent pas, nous avons aussi deux cents chaudrons de cuivre rouge, annonça-t-il.

Elle fit la traduction.

— Et quoi encore? demanda Ahonque.

— Des haches, des couteaux, des chapeaux, des draps, des aiguilles, des rubans.

— Laissez-moi aller à Tadoussac avec cet homme, suggéra-t-elle. Je verrai ce qu'il peut offrir en échange.

— Très bien, approuva le capitaine. Dis-lui que je reviens demain.

* * *

Pendant toute la soirée, Ahonque se fit raconter les guerres impitoyables qui avaient exterminé les Iroquoiens. Elle

L'orphelin des mers

comprit que ceux-ci avaient dû affronter tous les peuples voisins: non seulement les Montagnais et les Micmacs, mais aussi des peuples venus de l'ouest et du sud.

Après la tombée de la nuit, elle vola un canot et franchit le Saguenay. «Si je marche toujours vers l'ouest, je finirai bien par trouver des membres de ma famille», se dit-elle.

La lune brillait, l'air était doux. Au bout de deux heures, elle se pencha au-dessus d'un ruisseau pour se désaltérer. La lune dansait sur l'eau.

Soudain, elle aperçut l'ombre dentelée des bois d'un chevreuil. Au même moment, elle entendit son nom.

— Te revoilà, Ahonque.

Elle releva la tête. C'était le grand cerf!

— Tu es enfin revenue, dit encore l'animal.

— Toi! Je ne pensais jamais te revoir!

Elle se pendit à son cou et lui embrassa le museau. Puis elle appuya sa tête contre son flanc et se mit à pleurer à chaudes larmes.

— Je n'ai plus de famille, dit-elle. Tous les miens ont été tués et chassés.

— Je sais, répondit le cerf.

— Je ne veux plus vivre.

— Mais tu dois vivre.

— Pourquoi?

— Parce que j'ai besoin de toi. Assieds-toi. Je vais te raconter une histoire, et aussi le rêve que j'ai fait.

Le cerf se coucha dans l'herbe. Ahonque se blottit entre ses pattes.

— À la dernière lune, je me suis approché du fleuve, rapporta-t-il. J'admirais le reflet du soleil dans les vagues lorsque j'ai vu des chasseurs tuer une baleine. Son petit nageait à côté d'elle. Quand les chasseurs ont emporté sa mère, il a cessé de nager. Il s'est laissé dériver tout près du rocher où je me tenais. Il ressentait la même douleur que toi. Il ne voulait plus vivre.

Le cerf expliqua qu'il avait pu entrer en contact avec le petit, grâce à son pouvoir de communiquer avec les gens et les animaux. Il avait redonné courage au baleineau. Ahonque était captivée par le récit. Elle en oubliait son propre chagrin.

— Et puis? Qu'est-il arrivé au bébé baleine?

— Cette nuit, j'ai rêvé que des chasseurs le poursuivaient et plantaient un long bâton pointu dans son dos, répondit le cerf. Comme tu sais, mes rêves devancent la réalité. Rends-moi un service: empêche les chasseurs de le tuer.

Chapitre VI
Un coup de couteau

Pierre n'aimait pas être séparé d'Ahonque. Depuis qu'il était au Canada, il sentait le besoin d'être près d'elle. Il n'osait pas se l'avouer, mais sans elle, il se sentait un peu démuni. Quand il apprit qu'elle était restée à Tadoussac, il se demanda, pendant quelques instants, si elle n'en profiterait pas pour s'enfuir dans la forêt sans lui.

Les pêcheurs basques se montraient bons avec lui, tout en gardant leurs distances. Ils se méfiaient de ses aptitudes à chasser. Or, dans une baleinière, la plus totale confiance devait régner. Un faux geste pouvait coûter la vie à tous.

Pierre sentit qu'ils détestaient Detcheverry et il le détesta lui aussi. Dès la première journée, il avait avironné sous ses ordres. L'arrogant timonier ne lui laissait pas une minute de répit. Il le corrigeait sans cesse.

— Je t'ai dit de t'asseoir au centre du banc! répétait-il. Bon sang, tu vas nous faire chavirer! Ces Bretons sont vraiment tous têtus comme des mules!

Pierre avait observé les mouvements précis d'Esteban Larrea, qui avait lancé son harpon avec adresse dans le dos d'un gigantesque animal.

Il avait retenu son souffle pendant que la baleine blessée tirait l'embarcation. Il avait été impressionné de la voir se rouler dans son sang. Il avait dépensé ses dernières énergies à la remorquer vers l'île.

En chemin, ils avaient croisé un baleineau.

— Tiens donc! s'était exclamé Detcheverry. Je croyais que cette petite baleine avait disparu! Larrea, vous n'avez pas oublié mon ordre, j'espère. La prochaine fois, vous la tuerez!

— Quelle perte de temps, maugréa Larrea dans sa barbe. On n'en tirera pas une barrique d'huile.

— Qu'avez-vous dit?

— À vos ordres, Monsieur.

— Bien. Voilà la réponse que je voulais entendre.

La *Marie* mouillait près de l'île, la proue retenue par l'ancre et la poupe attachée à un rocher par un long câble. La baleine fut amarrée le long du navire et maintenue à flot par des lanières de cuir fixées au gréement. Esteban Larrea dirigeait les opérations. Pierre comprenait mal ses paroles et se contentait d'imiter les autres.

La mâchoire supérieure de l'animal fut désarticulée à l'aide du cabestan et des poulies. Armés de couteaux aiguisés, les pêcheurs prélevèrent les fanons. Ces cornes fortes et flexibles valaient une fortune à Bordeaux: elles servaient à la confection de vêtements luxueux.

Puis on s'attaqua au dépeçage. Debout sur le pont du navire, les Basques manoeuvraient des haches assujetties à de longs manches. Ils découpaient des lisières de lard: le travail de Pierre consistait à les hisser sur l'île à l'aide d'un treuil. En quelques heures, il ne restait plus de la baleine que son long squelette. Celui-ci fut abandonné dans l'eau.

Pierre et les pêcheurs coupèrent les lisières de lard en plus petits morceaux et chargèrent ces derniers sur des civières. Il fallait les transporter jusqu'au four.

Un homme nourrissait constamment le feu. Un deuxième piquait les morceaux de lard avec une fourche de fer et les jetait

L'orphelin des mers

dans des chaudrons. Au fur et à mesure que l'huile montait, un fondeur la déversait avec une louche dans une cuve remplie d'eau froide.

L'huile brûlante grésillait. Plus légère que l'eau, elle surnageait à la surface de la cuve. Les impuretés coulaient au fond. À l'occasion, Pierre aidait le fondeur à tamiser l'huile ainsi purifiée et à la mettre dans de grosses barriques.

Tout ce travail dura deux jours et deux nuits. Pierre se coucha, fourbu. Il fut réveillé en sursaut par Ahonque.

— Pierre! dit-elle en le secouant.

— Quoi? Qu'est-ce qu'il y a? Où étais-tu?

— J'ai vu le grand cerf!

Le garçon se frotta les yeux. Ahonque lui raconta son excursion. Il la consola lorsqu'elle lui apprit que les Iroquoiens avaient été exterminés pendant leur séjour en France.

— Je voulais mourir, mais le cerf m'a dit que je devais vivre, ajouta-t-elle.

— J'espère bien!

— Il m'a parlé aussi d'un bébé baleine qui a perdu sa mère.

— Ah oui! Comme c'est curieux... je

crois l'avoir vu. Le timonier a dit qu'on le tuerait à notre prochaine sortie.

— Il faut le sauver!

* * *

Toujours sous les ordres d'Esteban Larrea, Pierre et les pêcheurs firent rouler les quarante-trois barriques d'huile vers les rives de l'île et les hissèrent dans les baleinières. Micheau de Hoyarsabal supervisait leur transbordement dans l'*Espérance.*

Miguel Detcheverry dirigeait le rangement dans la cale. Lorsque cette tâche fut terminée, il ordonna à Larrea de rassembler l'équipage pour repartir à la chasse.

— Et n'oubliez pas! lui rappela-t-il. Si nous ne trouvons pas un beau gros poisson, je veux vous voir tuer la petite baleine.

Larrea resta impassible. Il groupa les hommes et récita cette prière:

— Recevez, Seigneur, nos remerciements et nos louanges. Vous nous avez fait la grâce d'ôter la vie au plus grand des poissons. Grâce à Vous, nous avons vaincu le colosse de la mer. Que cette journée soit aussi bonne que la dernière.

Les Basques se signèrent. Ils étaient profondément religieux et superstitieux. Malgré leur longue expérience, c'était toujours avec des pincements au coeur qu'ils reprenaient la mer. Les accidents étaient si fréquents. La semaine précédente, un des leurs s'était empêtré le pied dans la corde du harpon et avait été emporté dans les flots. Il était important d'avoir Dieu de son côté.

Un fort vent du sud-ouest leur fit traverser le fleuve en moins d'une heure. Pierre était assis sur le dernier banc des rameurs, juste devant Detcheverry, qui tenait le gouvernail. Celui-ci repéra presque aussitôt le baleineau.

— Larrea! dit-il.

— Oui.

— Vous avez vu la petite baleine?

— Oui.

— Même si elle donne moins de dix barriques, vous ne perdrez pas votre temps, ajouta Detcheverry, comme s'il voulait justifier son ordre absurde. Il n'y a aucune baleine adulte en vue.

Larrea savait qu'il était inutile de protester. Pierre tremblait de rage. Le grand cerf avait bel et bien raison! Ces Basques voulaient tuer le bébé baleine! Il se demanda comment il pourrait les en empêcher. Une idée germa dans sa tête.

Le baleineau vit l'embarcation filer droit sur lui. Il plongea profondément et tenta de retenir son souffle le plus longtemps possible. Il émergea dans une baie, ce qui le plaçait dans une situation périlleuse.

Les nuages couraient dans le ciel bleu, semblables à des moutons affolés. La baleinière filait sur l'eau, la voile gonflée par le vent. Pierre se tenait immobile sur son banc, les sens en éveil. Soudain, il aperçut la silhouette du grand cerf sur une falaise. Cette vision l'émut au plus haut point.

«Je dois à tout prix faire ce qu'il nous demande», se dit-il.

Le baleineau s'apprêtait à plonger de nouveau, mais il était déjà trop tard. L'embarcation le touchait presque. En un éclair, Esteban Larrea lança son harpon. La pointe se planta dans le dos du petit animal et frôla la colonne vertébrale. Le baleineau sentit une décharge électrique: un gros nerf avait été sectionné.

— Bien visé, Larrea, commenta Detcheverry. Maintenant, prenez la lance.

La corde à laquelle était fixé le harpon semblait se dérouler encore plus vite que d'habitude. Le premier panier se vida en un instant.

— Bon Dieu, il en a de la vie ce poisson, siffla Detcheverry. Mouillez la corde, vous autres!

Chacun l'arrosa avec son chapeau.

— La baleine plonge tout droit vers le fond, prévint Larrea.

— Elle n'ira pas bien loin.

Le moment était critique. Si le baleineau plongeait trop profondément, il tirerait l'embarcation sous l'eau. Il serait alors stoppé dans sa descente, mais le mal serait fait: les hommes risqueraient de périr noyés. Larrea se retourna et observa le deuxième panier, qui se vidait à une vitesse foudroyante.

Pierre cessa d'arroser la corde et empoigna son couteau sous sa chemise.

— Qu'est-ce que tu fais, garnement? cria Detcheverry.

Pierre sentit que l'allure de la corde ralentissait imperceptiblement. Il ne voulait pas que les autres s'en aperçoivent. C'était le moment ou jamais. Il brandit son couteau et trancha la corde d'un coup sec.

L'orphelin des mers

— Mais tu es fou! hurla Detcheverry. Qui t'a donné cet ordre, sale Breton?

Il lui frappa la tête à plusieurs reprises, du plat et du revers de la main. Pierre encaissait les coups en silence. Il se réjouissait de son action.

— Tu peux compter sur moi pour te fouetter! s'époumona Detcheverry en martelant son dos de ses poings.

— Arrêtez de le battre! tonna Larrea.

— Comment! Tu te permets de me donner des ordres, maintenant?

— Ce n'est qu'un enfant!

— Il est bâti comme un homme!

— Il a bien fait de trancher la corde, rétorqua un deuxième rameur.

— Sinon cette petite baleine nous entraînait vers l'abîme, enchaîna un troisième.

— Alors c'est la mutinerie? demanda Detcheverry. Le capitaine vous pendra tous!

Il y eut un moment de silence.

— C'est le Seigneur qui a guidé le geste du Breton, affirma Larrea.

Ces paroles calmèrent tout l'équipage, y compris Detcheverry. Celui-ci était aussi superstitieux que les autres: il craignait de paraître contester l'autorité divine. Il fit la grimace et se retrancha dans le silence.

Pierre releva la tête. La baleinière dérivait vers le large. Au loin, il crut apercevoir le harpon de Larrea filer sur l'eau. Il espérait que la blessure ne fût que superficielle. Puis il examina la côte: il eut l'impression de voir le cerf agiter ses grands bois, en guise de remerciement. Ce n'était peut-être qu'une illusion.

* * *

Micheau de Hoyarsabal se montra de fort mauvaise humeur lorsqu'il apprit que Pierre avait tranché la corde du harpon. Ahonque prit sa défense.

— Il n'a pas beaucoup d'expérience, plaida-t-elle.

Elle s'était vite bâti une excellente réputation auprès du capitaine. Elle avait facilité les contacts avec les Montagnais, si bien que les Basques avaient réussi à écouler presque toutes leurs marchandises.

Les cales des navires étaient remplies non seulement de barriques d'huile de baleine, mais aussi de fourrures de castor, de martre, de loutre, d'ours. Elles contenaient aussi des peaux d'orignal et de caribou qui serviraient à confectionner des vêtements de marins et de soldats.

— Il nous reste un coffre de perles à troquer, indiqua Hoyarsabal.

— J'aimerais que Pierre m'accompagne à Tadoussac, dit Ahonque.

— Bonne idée. Et bon débarras! Ce Breton sera sans doute plus efficace avec les Sauvages qu'avec les baleines. Mon fils Pétrissans vous emmènera demain matin. Nous retournerons bientôt à Bordeaux: il ne reste plus beaucoup de temps.

Pendant la nuit, Pierre déroba une hache et un couteau. Ahonque confectionna d'autres colliers de perles. Le lendemain matin, ils se rendirent à Tadoussac. Ils se cachèrent pour ne pas revenir dans l'île Minigo avec les Basques.

Ils habitèrent pendant un certain temps avec les Montagnais. Ahonque ne leur en voulait pas d'avoir fait la guerre aux Iroquoiens. La guerre faisait partie de la vie comme les tempêtes et les famines.

Elle troqua ses colliers contre un petit canot.

Les premières neiges tombèrent. Les Montagnais pliaient bagage pour regagner leurs quartiers d'hiver. Les Basques avaient déjà repris la mer.

— Il faut partir! annonça Ahonque. La glace va bientôt se former sur le fleuve.

— Tu crois qu'on pourra se débrouiller tout seuls? demanda Pierre, vaguement inquiet.

— Bien sûr!

Ils s'engagèrent sur le fleuve en direction de l'ouest, vers Achelacy. Ahonque avait hâte de retrouver son ancien village: en même temps, elle craignait justement de ne rien retrouver. Mais elle devait y aller. Pierre savait qu'elle n'en démordrait pas. Ensuite... eh bien, on aviserait!

Dès le premier jour de navigation, ils croisèrent le baleineau. Celui-ci plongea sous le canot et batifola autour d'eux. Pierre remarqua avec joie qu'il s'était débarrassé du harpon: seule subsistait une cicatrice.

— Tu crois qu'il me reconnaît? demanda-t-il.

— J'en suis sûre, répondit Ahonque.

Comme s'il voulait l'approuver, le baleineau sauta en l'air et les éclaboussa.

Ahonque et Pierre éclatèrent de rire. Une nouvelle vie commençait.

Trafic chez les Hurons

Avant-propos

Ahonque a grandi parmi les Iroquoiens du Saint-Laurent, avant l'arrivée des Français au Canada. À l'âge de onze ans, elle rencontre un cerf dans la forêt. L'animal lui remet ses vieux bois, qui sont tombés au début de l'hiver. Ceux-ci ont le pouvoir de guérir les enfants, et de les rajeunir d'un an.

La même année, soit en 1535, Ahonque (prononcer A-honne-qué) fait une autre rencontre, celle de Pierre Jalbert. Le garçon, âgé de douze ans, est né en Bretagne, une province de France. Il a traversé l'Atlantique avec Jacques Cartier.

Les deux enfants se lient d'amitié et ne se quittent plus. Chaque Noël, ils croisent les bois magiques, si bien qu'ils ne vieillissent jamais.

Au moment où commence ce récit, en 1614, ils ont toujours onze et douze ans. Ils vivent à Québec, fondée six ans plus tôt par Samuel de Champlain. Les Français font le commerce des fourrures avec les Montagnais, les Algonquins et les Hurons. Tous ensemble, ils s'allient contre les Iroquois[1].

Pierre et Ahonque sont entraînés, bien malgré eux, dans le trafic des fourrures et la guerre...

---

1. Les Iroquois vivent au sud du Québec et des Grands Lacs. Les Iroquoiens du Saint-Laurent, eux, ont disparu peu de temps après les voyages de Jacques Cartier.

Chapitre I
Le vol des tourtes

Depuis deux jours, des milliers et des milliers de tourtes obstruaient les rayons du soleil. Elles étaient si nombreuses qu'on aurait dit un immense voile flottant jusqu'à l'horizon. En plein midi, il faisait aussi sombre que le soir.

Les oiseaux venaient du nord par vagues ininterrompues. Ils traversaient le fleuve et volaient vers le sud. Aussi loin qu'on pouvait voir, ils faisaient planer une ombre mouvante sur l'eau et la terre.

Leur présence était entêtante. Leurs cris enterraient les autres sons. Leurs fientes parsemaient le sol et le toit du fort de Québec. L'air était imprégné d'une odeur acide.

Quand les tourtes avaient surgi dans le ciel, les Français avaient chargé leurs arquebuses: un seul coup de feu suffisait à en tuer une douzaine. Elles avaient vite compris qu'elles devaient voler plus haut.

Trafic chez les Hurons

Pierre Jalbert s'acharnait quand même à leur tirer dessus. Parfois ses coups portaient. Un jeune mâle, imprudent ou fatigué, battit des ailes et se jucha sur le rempart. Pierre visa et fit mouche. L'oiseau tomba raide mort.

Ahonque commença tout de suite à lui arracher ses plumes. Cette activité la distrayait et chassait pour un temps sa mélancolie.

La perspective de passer l'hiver au fort ne la réjouissait pas du tout. Après avoir fini de plumer l'oiseau, elle jeta un regard dédaigneux vers les trois bâtiments en planches, ceinturés d'une galerie. Érigée six ans plus tôt, l'habitation fortifiée montrait déjà des signes d'usure. Le drapeau fleurdelisé, déchiré, pendait mollement au-dessus du cadran solaire.

Le commandant Samuel de Champlain était en France. On ne savait pas quand il reviendrait. En son absence, la minuscule colonie se divisait en deux clans. La moitié des Français observait les règles de discipline et respectait les Amérindiens. L'autre clan tuait le temps en se soûlant et en se cherchant chicane.

Le plus bagarreur d'entre eux était Jacques Cadorette, un soldat de métier. Il était fort comme un boeuf. Son activité favorite consistait à distribuer les injures et les coups de poing. Comme tant d'autres aventuriers, il était venu au Canada dans l'espoir de faire fortune. Les années s'écoulaient, et il se trouvait aussi pauvre qu'avant.

Il se déchargeait de ses frustrations sur ses camarades et surtout sur les Montagnais qui venaient troquer leurs richesses au fort. La veille, il avait joué un sale tour à un jeune autochtone qui avait apporté un tonneau d'anguilles séchées.

Le Montagnais voulait une hache en échange. Cadorette lui avait offert un pot d'eau-de-vie. Il l'avait encouragé à le vider d'un trait. Le jeune homme avait titubé et s'était aplati de tout son long, dans les joncs de la berge. Cadorette en riait encore.

Champlain avait strictement interdit le trafic d'alcool. En son absence, bien des Français se moquaient de ses ordres. Les plus scandalisés étaient Pierre et Ahonque. Ils voyaient que l'eau-de-vie faisait beaucoup de ravages.

Il fallait des jours de travail pour pêcher de grandes quantités d'anguilles. Une fois séchés, ces poissons constituaient des réserves indispensables pour survivre pendant l'hiver. Il fallait encore plus de temps pour piéger les castors et nettoyer leurs peaux, qui se vendaient à prix d'or en France pour la confection de chapeaux. En revanche, l'eau-de-vie ne coûtait presque rien à produire.

Ahonque était dégoûtée par ces échanges injustes. Elle tentait de convaincre Pierre de rejoindre un campement indien. Le garçon se faisait tirer l'oreille. Après des années d'errance dans les forêts, il avait pris goût au confort d'une habitation chauffée par de vrais foyers. Les Français avaient d'importantes provisions de grains, de fèves, de poisson séché et de bois.

Ce n'était pas comme les Montagnais, avec qui ils avaient vécu, l'hiver précédent. Ils avaient tellement grelotté dans leurs tentes! Ils avaient eu tellement faim! Au bout du compte, ils s'étaient réfugiés à Québec.

Le regard d'Ahonque errait sur les montagnes et sur le fleuve. Elle admira les érables, dont les feuilles se teintaient de rouge et de jaune. L'automne avançait. Bientôt, la neige tomberait. Les Montagnais regagneraient leurs quartiers d'hiver. Il fallait partir maintenant. Dans un mois, il serait trop tard. Elle observa Pierre.

Le garçon, la joue maculée par des traces de poudre, rechargeait son arquebuse. Il l'éleva vers le ciel et pencha sa tête sur le côté. Il appuya sur la détente. La détonation effaroucha les tourtes, mais aucune d'elles ne tomba. En revanche, une énorme fiente vint atterrir sur son oeil.

— Crédieu! maugréa-t-il.

Ahonque éclata de rire.

— Te voilà bien beau mon ami!

— Saletés d'oiseaux!

— Celui-là savait bien viser!

— Faux, rétorqua Pierre en essuyant la crotte avec une feuille morte. Il visait très mal. Il voulait t'attraper, mais c'est tombé sur moi.

— Impossible, déclara Ahonque en prenant un air de grande sagesse. Je ne tire pas sur les oiseaux, alors ils ne tirent pas sur moi.

Elle n'avait pas fini sa phrase qu'une fiente échouait sur sa tête. Elle ne sentit rien, mais Pierre n'était pas aveugle. Il planta la crosse de son arquebuse dans la terre mouillée et appuya son menton sur le canon vide.

— Tu as décidé de te teindre les cheveux en vert et blanc? demanda-t-il en souriant.

Ahonque lissa ses cheveux.

— Pouah! fit-elle. Tu aurais pu me prévenir!

— C'est le signe que la justice existe, se rengorgea Pierre. Gare à ceux qui se moquent de moi!

— Ce n'est pas drôle!

Ahonque empoigna l'oiseau déplumé et se dirigea vers le fort. Cadorette montait la garde sur le pont-levis. Il était passablement ivre.

— Tiens, la petite Sauvagesse[2]! s'exclama-t-il. Laisse-moi ton oiseau et je te verserai une rasade d'eau-de-vie!

Pierre le regardait, la rage au coeur. Il mourait d'envie de tirer un coup d'arquebuse dans les fesses de ce gueux. Il continua à viser les tourtes, sans grand plaisir.

---

2. Les Blancs ont longtemps désigné les autochtones sous le nom de Sauvages.

Chapitre II
Le complot

Quatre grands canots d'écorce remontaient le fleuve. Ils évoluaient vite, propulsés par des coups d'aviron rapides et silencieux. Bientôt, ils accostèrent sur la berge, face à l'habitation fortifiée de Québec.

Ces canots étaient occupés par des Algonquins. Pierre s'appuya contre un arbre et les observa: certains hommes s'étaient peint le nez en bleu, les paupières, les sourcils et les joues en noir, et le reste du visage en rouge. D'autres s'étaient couvert toute la figure de rayures horizontales noires, rouges et bleues.

Les chiens sautèrent les premiers hors des embarcations. Les enfants les suivirent en poussant des cris joyeux. Les femmes partirent à la recherche de bois sec pour le feu. Les hommes déchargèrent les chaudrons remplis de viande, de poisson et de farine de maïs.

L'un d'entre eux enfonça une perche dans le sol. Il y suspendit un chaudron. Deux enfants qui se chamaillaient trébuchèrent et le renversèrent. L'homme le replaça sans protester. Pierre s'étonnait toujours de voir que les parents amérindiens ne punissaient jamais leurs enfants.

Il fut plus surpris encore par la présence d'un gros homme qui débarquait du dernier canot. Habillé en vêtements de peaux comme les Algonquins, il portait des bottes de cuir et une arquebuse dans son dos. Il s'agissait manifestement d'un Français.

Le gros homme étira ses membres, contempla le vol dense des tourtes et marcha vers le fort.

— Ah bien ça! s'exclama Cadorette. Que j'aille en enfer si ce n'est pas cet ivrogne de Guy Morel!

Le soldat serra Morel dans ses bras.

— Qu'est-ce qui nous vaut cette belle visite? demanda Cadorette. Il n'y a plus d'eau-de-vie à Tadoussac?

— Justement, souffla Morel. J'ai un projet dont je veux te parler. Un projet qui nous permettra de faire fortune.

— Allons discuter à l'abri des oreilles indiscrètes.

* * *

Cadorette ordonna à Pierre de le remplacer sur le pont-levis. Suivi de Morel, il grimpa les escaliers jusqu'à la galerie et ouvrit une porte d'un coup de pied. Des joueurs disputaient une partie de dés autour d'une table, à la lueur d'une chandelle.

— Sortez d'ici! tonna le soldat. Allez voir dehors si j'y suis!

Les joueurs ne se le firent pas dire deux fois. Ils prirent leurs dés et se dirigèrent vers un autre bâtiment.

Ahonque réparait ses mocassins dans la pièce voisine, un étroit réduit où elle dormait avec Pierre. La lumière pénétrait par une lucarne. Mais voilà, les milliers de tourtes obscurcissaient le ciel. Ahonque ne voyait presque rien. Après s'être piqué le doigt avec son aiguille, elle décida de reporter sa tâche au lendemain.

— Il n'y a personne dans la pièce d'à côté? demanda Morel.

— Laisse-moi voir, répondit Cadorette.

Ahonque eut tout juste le temps de se glisser derrière une armoire. L'ombre menaçante de Cadorette apparut sur le plancher. Le soldat jeta un rapide coup d'oeil et claqua la porte.

— C'est bon, dit-il. Il n'y a personne. Tu veux boire?

— Volontiers.

Cadorette versa de l'eau-de-vie dans des gobelets d'étain.

— Alors, raconte.

Intriguée, Ahonque sortit de sa cachette et se colla l'oreille au mur.

— Cette bande d'Algonquins, avec qui je voyage, est venue faire la traite cet été à Tadoussac... expliqua Morel.

— Pourquoi n'ont-ils pas vendu leurs peaux à Québec? l'interrompit Cadorette. C'était pourtant sur leur chemin!

— Ils savent qu'ils obtiennent de meilleurs prix à Tadoussac: il y a plus de marchands de fourrure là-bas. Les Indiens profitent de la concurrence entre acheteurs.

— Ils sont rusés, ceux-là!

— Il y avait un truchement[3] qui comprenait leur langue, reprit Morel. Il m'a confié que les Algonquins passeraient l'hiver chez les Hurons, loin vers l'ouest. Je les ai convaincus de m'emmener. J'ai pensé que toi et moi, on pourrait les accompagner et trafiquer directement en Huronie.

— Et pour quoi faire, Sacré Dieu! Pourquoi se donner la peine de voyager jusque chez eux, quand ils peuvent venir ici?

— Tu ne comprends rien.

Morel se versa lui-même une rasade d'eau-de-vie.

---

3. Interprète.

— Alors, explique-moi, toi qui es si intelligent, grogna Cadorette.

— Nous serons les seuls trafiquants là-bas. Il n'y aura personne pour nous faire concurrence. Nous fixerons les prix. Après avoir passé l'hiver en Huronie, nous reviendrons, les canots chargés de centaines de belles peaux de castor!

— Tu divagues...

— Nous serons les premiers à arriver aux comptoirs de traite de Québec ou de Tadoussac, poursuivit Morel, gonflé d'enthousiasme. Nous vendrons nous-mêmes les peaux aux marchands, contre de belles pièces d'or! Tu comprends maintenant?

Cadorette souriait de toutes ses dents jaunes.

— Et qu'est-ce qu'on offrira aux Sauvages contre leurs belles fourrures, hein mon ivrogne? demanda-t-il.

Il frappa sur la table. Morel ouvrit la bouche, mais Cadorette ne lui laissa pas le temps de parler.

— Pas besoin de me répondre! aboya-t-il. Du tord-boyaux! De la bonne eau-de-vie contre des lots de fourrure!

Le soldat envoya un coup de poing amical sur le menton du gros trafiquant.

— J'ai toujours su qu'on formerait une bonne équipe, toi et moi. Tu as l'intelligence, et moi la force!

— Tu peux te procurer de l'eau-de-vie? s'enquit Morel, qui avait l'esprit pratique.

— Facilement, répondit Cadorette. Un bateau nous en a livré des dizaines de tonneaux cet été. C'est Malherbe qui en a la garde. Mais il faudra des sous pour en acheter.

— J'en ai. J'ai calculé qu'avec un sou, on en gagnera plus de trente!

Cadorette siffla de contentement.

— Mais il y a un problème, poursuivit Morel. Je me méfie des Algonquins, et ils se méfient de moi. Je ne parle pas leur langue, seulement quelques mots. En Huronie, ce sera pire. Il nous faudrait un truchement qui leur inspirerait confiance.

— J'ai ce qu'il te faut! Tes désirs sont des ordres! Ton vieil ami Cadorette te donnera tout ce que tu voudras!

* * *

Ahonque était tellement abasourdie par ce qu'elle venait d'entendre qu'elle ne prit pas garde à un chaton qui était entré dans sa chambre par un carreau brisé. Blanc du bout des moustaches au bout de la queue, il se nommait Flocon. Il avait été le premier de son espèce à naître au Canada.

Pendant que sa mère chassait rats et souris, Flocon explorait les moindres recoins de l'habitation. Il avait été attiré ici par l'odeur délicieuse provenant d'une bassine en cuivre: celle de la tourte déplumée.

Flocon entreprit alors de grimper sur la table. Il se hissa dans le récipient et le fit basculer. Le chaton, la tourte et la bassine tombèrent dans un grand vacarme.

— Qu'est-ce que c'est que ce bruit? demanda Morel, en se dressant comme un pantin dans une boîte à musique.

De nouveau, Ahonque se cacha derrière l'armoire. Cadorette ouvrit la porte. Flocon s'enfuit en coup de vent.

— C'est juste un maudit chat! s'exclama le soldat. Pas de quoi avoir peur! Tiens! Regarde ce qu'il a fait tomber!

Il exhiba la tourte.

— Je vais la faire griller.

— Attends un peu, dit Morel. Tu connais donc un truchement qui pourrait venir avec nous?

— Pas un, deux! Une petite Sauvagesse et un jeune Breton. Ils parlent français et toutes les langues des Sauvages.

— D'où ils sortent, ces deux-là?

— Aucune idée! Ils sont arrivés au fort l'hiver dernier, affamés. Comme ils sont bien utiles pour traiter avec les Montagnais, on les garde avec nous. Allez, viens. J'ai une faim de loup.

Ahonque bouillonnait d'indignation. Ce vieil escroc de Cadorette voulait donc les emmener chez les Hurons, elle et Pierre, pour trafiquer de l'alcool! Le soldat pourrait les emmener de force. Il fallait s'enfuir au plus vite.

Elle se glissa dehors et rejoignit Pierre sur le pont-levis.

— Qu'y a-t-il? lui demanda le garçon. Tu as l'air tout effarée! Tu t'es fait attaquer par une autre tourte?

— Ce n'est pas le temps de rire, chuchota-t-elle.

Elle lui répéta la conversation qu'elle avait surprise.

— Partons d'ici, conclut-elle.

— Tu as raison, approuva Pierre. Il faut quitter Québec.

Il fit une pause. Un étrange silence régnait. Ahonque leva les yeux au ciel et comprit ce qui la troublait: les tourtes avaient disparu. Leur vol s'effilochait, bien au-delà du fleuve. Pierre semblait perdu dans ses pensées.

— Nous devons partir avec Cadorette, annonça-t-il. En chemin, nous percerons ses maudits tonneaux. Nous devons l'empêcher de voler et d'empoisonner les Hurons.

Ahonque regarda son ami. Même si elle le connaissait depuis des années, elle n'arrivait pas toujours à le comprendre. Souvent, Pierre s'installait dans la routine. Elle était alors incapable de le faire bouger. Il était têtu et refusait tout changement.

Puis, tout d'un coup, un déclic semblait s'opérer dans son cerveau. Il prenait des initiatives courageuses et fonçait dans l'action sans se soucier des conséquences. Les injustices le révoltaient. Il n'avait qu'une envie: se battre. Son impulsion était tellement forte que rien ne pouvait l'en détourner.

Cela exaspérait Ahonque. Mais cette soif de justice l'émouvait aussi. C'est pour cette raison qu'elle lui était si attachée.

Pourtant, elle n'avait aucun désir de voyager avec Cadorette et Morel. S'attaquer à eux était une entreprise dangereuse.

— Pourquoi ne pas percer les tonneaux ce soir et nous enfuir ensuite? suggéra-t-elle.

— Parce que c'est impossible, répondit Pierre, en indiquant du menton l'entrepôt de vivres, d'alcool et de marchandises.

L'entrepôt était barré et cadenassé. Malherbe montait la garde, l'arquebuse sur l'épaule.

— Très bien, se résigna Ahonque. Nous partirons avec Cadorette.

Chapitre III
En canot avec les Algonquins

Pierre et Ahonque dormaient à poings fermés lorsque Cadorette fit irruption dans leur réduit. Il faisait encore nuit. Le soldat approcha une chandelle de leur visage et les secoua.

— Hé! Les paresseux! cria-t-il. Debout! Fini le temps de manger nos provisions sans travailler! Suivez-moi!

Ahonque se frotta les yeux et joua la comédie.

— Qu'est-ce qui se passe? demanda-t-elle d'une petite voix.

— J'ai besoin de vous.

Pierre se redressa sur son séant.

— Pour quoi faire? questionna-t-il à son tour.

— Pour aller chercher des peaux chez les Hurons, répondit Cadorette. Je pars avec les Algonquins qui sont arrivés hier soir. J'ai besoin de truchements qui comprennent leur langue.

— Champlain aura aussi besoin de nous à Québec.

— Champlain est parti et on ne sait pas quand il reviendra. À l'heure qu'il est, il est peut-être mort. Ouste!

Comme Pierre et Ahonque ne bougeaient pas, Cadorette décida de leur faire miroiter des richesses. Il pensa que Pierre serait sensible aux possibilités qu'offrait la traite des fourrures. D'autres jeunes Français à peine plus âgés que lui étaient devenus coureurs des bois.

— Je partagerai mes profits avec toi, mon garçon, promit-il.

Pierre et Ahonque se regardèrent.

— De toutes façons, avons-nous le choix? demanda Ahonque.

— Non, trancha Cadorette. Préparez-vous. Je vous attends sur la berge.

Pierre prit son arquebuse et un sac de poudre. Ahonque rangea les bois magiques dans un sac de joncs. Elle n'avait pas d'autres biens.

* * *

Une aube grise se levait sur Québec. Une bruine froide tombait et embrouillait l'horizon. Des paquets de brume flottaient sur le fleuve. Ils se disloquaient et se reformaient au gré de la brise.

Les familles algonquines avaient déjà pris place dans les canots. Les hommes étaient assis sur leurs talons à chaque extrémité des embarcations. Les femmes s'agenouillaient entre eux et le milieu des canots. Le matériel, les vivres et les marchandises étaient rangés au centre. Ahonque devina la présence des tonneaux d'eau-de-vie sous des peaux.

Les enfants et les chiens s'étendaient pêle-mêle sur les bagages. Cadorette ordonna à Pierre d'embarquer dans le dernier canot avec lui. Ahonque s'installa dans le canot précédent avec Morel.

Le chef du groupe, Agochin, se tenait debout à l'avant du premier canot. Un bandeau de cuir, décoré de poils d'orignal disposés en brosse, lui ceignait la tête. Il fit un signe et le convoi s'ébranla.

Pierre planta sa pagaie dans l'eau glaciale et tira avec vigueur. Voilà un geste qu'il devrait répéter des milliers de fois pendant des dizaines de jours, du matin au soir, sans jamais se plaindre.

Même s'ils remontaient le courant, les canots filaient à vive allure. Agochin longeait les berges et profitait des contre-courants. Les hommes et les femmes ramaient en silence. Les enfants se taisaient eux aussi. On n'entendait que le clapotis des avirons.

Agochin ne fit aucun arrêt pour manger, à midi. Ceux et celles qui avaient des besoins naturels devaient le faire par-dessus bord. Cela rendait Cadorette de fort mauvaise humeur. Quand il baissa ses chausses, les enfants ne manquèrent pas de se moquer de lui. Intimidé, il se rhabilla aussitôt.

— Qu'est-ce qu'ils racontent, ces petits morveux? gronda-t-il en s'adressant à Pierre.

— Ils n'ont jamais vu de fesses aussi blanches...

— Qu'ils fassent attention à leurs propres fesses s'ils continuent de rire de moi!

— Je vous conseille de ne jamais lever la main sur eux, dit Pierre. Les Sauvages ne tolèrent pas qu'un adulte frappe un enfant.

— Je n'ai pas besoin de tes conseils, mon garçon.

— Je vous aurai prévenu.

* * *

Lorsque le soleil se mit à décliner, Ago-chin observa les berges en quête d'un site convenable où installer le campement. Il fit accoster les canots. Il partit aussitôt avec les hommes pour chercher du gibier. Pierre les accompagna, mais pas Cado-rette, ni Morel, qui se coucha sous un pin, épuisé.

Pendant ce temps, les femmes érigèrent une cabane. Elles déployèrent une dou-zaine de perches d'épinette. Elles les pi-quèrent en rond sur le sol et les inclinèrent en pointe vers le haut. L'abri était large à la base et se rétrécissait au sommet, à la façon d'une tente.

Elles déroulèrent ensuite des écorces de bouleau et de pruche et les fixèrent sur les perches. Ahonque, à qui ces constructions étaient familières , coupa des branches de sapin et les disposa sur le sol, en guise de matelas.

À force de s'être appuyé toute la jour-née sur ses talons, Cadorette avait mal aux pieds. Il se déchaussa et s'assit à l'écart pour masser ses chevilles endolories. Un garçon d'une dizaine d'années, nommé Tintian, profita d'un moment d'inattention pour glisser un ouaouaron dans chacune de ses bottes. Puis il se cacha derrière un bosquet d'aulnes, avec ses amis.

Le soldat poussa un cri d'effroi en se rechaussant. Il lança les deux pauvres batraciens dans le fleuve et entendit des gloussements derrière lui. Tintian et ses copains riaient. Ils ne se sauvèrent pas: ils ne pouvaient pas imaginer que Cadorette puisse leur faire du mal. Ils avaient tort.

Cadorette saisit Tintian d'une main. De l'autre, il se mit à le gifler violemment. Le gamin refoulait ses larmes. Il se mordait les lèvres. Imperturbable, il fixait les yeux du soldat. Son sang-froid exaspéra la fureur de ce dernier.

Cadorette jeta l'enfant sur le sol et menaça de le bourrer de coups.

— Tu les aimes, mes bottes! hurlait-il. Eh bien, tu vas y goûter!

Ahonque fut la première à voir la scène. Elle se rua sur lui et le mordit au sang.

— Petite vipère! cria Cadorette.

Trafic chez les Hurons

Il allait la frapper à son tour lorsque trois femmes s'interposèrent. Elles brandissaient des avirons. Cadorette reconnut Tochingo, la femme d'Agochin. Il se tint immobile. Tochingo parlait d'une voix forte, pleine de courroux.

— Que raconte cette imbécile de femelle? demanda-t-il.

— Elle dit qu'il ne faut jamais frapper les enfants, expliqua froidement Ahonque. Qu'est-ce qui vous a pris?

— Ce petit morveux a rempli mes bottes de grenouilles. La prochaine fois, c'est lui que je lance à l'eau!

Tochingo n'avait pas besoin de comprendre les paroles. Elle devinait la menace juste au ton de la voix. Elle répliqua aussitôt.

— Les enfants ne savent pas ce qu'ils font, traduisit Ahonque. C'est pourquoi il est injuste de les punir. Si vous levez encore la main sur l'un d'entre eux, Tochingo dit qu'elle vous fera manger du chien pourri et rien d'autre.

Cadorette se renfrogna et rejoignit Morel. Il ne devait pas se mettre les Algonquins à dos. Il était complètement dépendant d'eux, pour manger, pour se protéger du froid et pour se rendre en Huronie.

Les hommes revinrent avec un ours, qu'un chien avait débusqué dans un tronc d'arbre mort. Pour le faire sortir de sa tanière, ils avaient cogné à coups de hache sur l'arbre. Ils avaient assommé l'animal à sa sortie. Agochin et un autre homme transportaient sa dépouille attachée à un bâton.

Les femmes poussèrent des cris de joie. Elles éviscérèrent et débitèrent la bête. Elles jetèrent les morceaux de viande dans une chaudière suspendue au-dessus d'un feu, où bouillonnait déjà un mélange de maïs et de gras d'animal, qu'elles appelaient sagamité.

La pluie tombait à verse, glaciale. Les Algonquins n'y faisaient pas attention. Cependant, ils renversèrent les canots, afin de mettre les bagages à l'abri. Cadorette et Morel alignèrent les tonneaux d'eau-de-vie à côté des embarcations.

Agochin distribua la viande d'ours à moitié cuite. Ahonque et Pierre, affamés, dévorèrent leur portion. Ils virent les deux Français grimacer. Ces derniers allumèrent leur propre feu et achevèrent de cuire leur morceau, ce qui choqua le chef.

Après le souper, les Algonquins tinrent conseil. Agochin fumait en silence, pendant que sa femme Tochingo prenait la parole. Ils convoquèrent Tintian, l'interrogèrent puis le congédièrent.

Pierre et Ahonque entendaient les voix, mais ils ne comprenaient pas ce qu'elles disaient. Bien que curieux, ils restaient discrets et ne s'approchaient pas du groupe, ce qui aurait été impoli.

Au bout d'un moment, ils entendirent des «Ho! Ho! Ho!». Il s'agissait des exclamations traditionnelles d'approbation. Le consensus avait été atteint; la décision avait été arrêtée.

Agochin se leva et marcha vers eux. Il avait enfilé son vêtement d'hiver, fabriqué avec quatre peaux de loup. Les queues pendaient derrière et une tête de loup ballottait sur chacune de ses épaules. Le vêtement était ceinturé à la taille par un boyau d'orignal. Agochin était grand et musclé. Son manteau amplifiait cette image de puissance qu'il cultivait soigneusement.

— Suivez-moi, ordonna-t-il. Je dois parler aux Français.

Pierre et Ahonque lui obéirent. Ils se dirigèrent ensemble vers Cadorette et Morel, qui tentaient tant bien que mal de se réchauffer près de leur feu. Agochin palabra longtemps. Pierre résuma ses paroles.

— Agochin dit que vous ne pourrez pas dormir dans la cabane. Cadorette, vous avez battu un enfant. Agochin croit que vous êtes un homme mauvais. Il doute même que vous soyez un homme. Un homme se bat avec des hommes, pas avec des enfants. Maintenant, les enfants ont peur de dormir avec vous. Alors vous devrez dormir dehors, cette nuit et toutes les autres nuits que durera le voyage.

— Qu'il pleuve ou qu'il neige?

— Qu'il pleuve ou qu'il neige, trancha Ahonque, très satisfaite qu'une leçon d'humilité soit servie à cet homme qu'elle détestait.

Cadorette se leva et se planta devant Agochin. Il le dévisagea et fit craquer ses jointures.

— S'il veut se battre avec un homme, je suis prêt n'importe quand.

— Je vous conseille de ne proférer aucune menace, martela Pierre, qui refusa de traduire.

Cette fois, Cadorette écouta ses conseils. Il se rassit près du feu en émettant un rire nerveux. Le chef regagna ses quartiers. Il fuma sous la pluie et invita Pierre et Ahonque à se réfugier dans la cabane. Les hommes, les femmes, les enfants et les chiens étaient étendus sur les branches de sapin.

Les Algonquins ne se gênaient pas pour roter et péter. Même s'il avait partagé la vie des autochtones pendant des dizaines d'années, Pierre ne s'habituait pas à tant de promiscuité.

Un adolescent, qui rêvait, lui envoya un coup de coude dans les reins. Une jeune fille allongea son bras sur son visage. Il se retourna et s'aperçut qu'il enfouissait son nez dans le poil mouillé d'un chien. Désespéré, il tâtonna dans ce magma de bras, de jambes et de pattes. Il parvint enfin à retrouver Ahonque.

— Cette nuit, chuchota-t-il à l'oreille de son amie. Cette nuit, nous irons percer les tonneaux.

Il avait à peine fini de parler qu'il s'endormit.

Ahonque écouta la pluie qui crépitait sur le toit d'écorce. Elle restait perplexe. Elle avait prévu que Cadorette et Morel dormiraient avec eux dans la cabane. Il aurait alors été facile de profiter de leur sommeil pour aller jeter l'eau-de-vie. Désormais, c'était beaucoup plus risqué: ils couchaient dehors, près de leurs tonneaux.

Elle ébauchait des plans. Aucun ne la satisfaisait. Au milieu de la nuit, elle ne dormait toujours pas. Elle se leva, enjamba des corps et écarta la peau d'ours qui faisait office de porte. Le feu des Français flambait encore.

Elle marcha sur la pointe des pieds. Morel était couché en chien de fusil sous un canot, les tonneaux à ses pieds. Cadorette alimentait le feu, l'arquebuse à portée de main. Il cassa des branches, bâilla et secoua son compagnon. Morel se réveilla. Le soldat prit sa place sous le canot.

— Reste bien éveillé, lui dicta-t-il. Avec ces Sauvages, on ne sait jamais ce qui peut arriver.

Ahonque retourna à la cabane. Il faudrait imaginer toute une astuce pour percer ces maudits tonneaux.

Chapitre IV
Le pays des Hurons

Les canots longèrent bientôt Hochelaga. Agochin ne voulait toujours pas s'arrêter. Il craignait l'arrivée brutale de l'hiver. Si les cours d'eau gelaient, il serait plus difficile de se rendre en Huronie.

Commença une série d'épuisants portages. Les premiers rapides, infranchissables, étaient ceux du sault Saint-Louis[4]. Il faudrait en contourner une cinquantaine d'autres, parfois sur des sentiers battus, souvent dans des bois touffus.

Les hommes hissaient les canots sur leurs épaules. Les femmes et les enfants se chargeaient des rouleaux d'écorce et des paquets de poisson séché, qu'on échangerait avec les Hurons contre du maïs. Cadorette et Morel ahanaient, le dos courbé sous les lourds tonneaux d'eau-de-vie.

---

4. Les rapides de Lachine.

C'est qu'ils ne quittaient jamais leurs tonneaux des yeux, au grand dépit de Pierre et d'Ahonque.

La flottille de canots s'engagea dans la rivière des Outaouais. Le froid se faisait de plus en plus mordant. Pierre se réchauffait en avironnant. Ahonque, qui ne pagayait pas, se couvrait de fourrures.

Agochin fit une halte à la chute des Chaudières, un saut qu'il appelait Asticou[5]. Chaque adulte jeta un morceau de tabac dans un plat de bois. Le chef déposa

---

5. Situé près de l'emplacement actuel de la ville d'Ottawa.

le plat au milieu de la troupe, qui dansa autour. Il prononça une longue harangue, priant les esprits de l'aider à vaincre les Iroquois. Puis il lança le tabac au bas de la chute.

Les Algonquins vivaient dans la crainte permanente d'une attaque-surprise. Les Iroquois étaient des combattants redoutables. Leurs guerriers quittaient leurs villages, situés bien plus au sud, et s'embusquaient le long de l'Outaouais. Ils pouvaient surgir n'importe quand de la forêt.

Cela rendait Cadorette et Morel nerveux. La nuit, ils dormaient de moins en moins, sursautant au moindre bruit. Privés de sommeil, ils ramaient avec peu d'ardeur. Agochin s'en plaignait. En même temps, il ne voulait pas les chasser. Il comptait sur leurs arquebuses pour repousser les Iroquois.

La flottille parvint à l'île aux Allumettes aux premières neiges. Une croix de cèdre blanc, portant les armoiries de la France, avait été plantée l'année précédente par Champlain. L'île était occupée par de riches Algonquins, qui exigeaient un droit de passage des voyageurs.

Leur chef, Tessouat, réclama de l'eau-de-vie. Cadorette lui en donna à contre-coeur, car il voulait conserver l'alcool pour trafiquer avec les Hurons.

Le grand Tessouat, qui jouissait d'une réputation d'homme intelligent et influent jusqu'à Québec et Tadoussac, s'enivra rapidement. Lui qui parlait si bien d'habitude, cherchait maintenant ses mots. Il bafouillait et titubait.

Ahonque, troublée, se cacha pour ne pas voir ce spectacle navrant. Cadorette, quant à lui, se réjouissait.

— Morel, félicite-moi! s'exclama-t-il en donnant une claque sur l'épaule de son compagnon. Je t'ai procuré l'eau-de-vie la plus forte de toute la Nouvelle-France! Je sens qu'elle nous sera utile: quelques gouttes nous ouvriront toutes les portes!

Les canots poursuivirent leur chemin. Au bout de quelques jours, ils délaissèrent l'Outaouais et bifurquèrent vers l'ouest. Ils remontèrent une autre rivière, franchirent un lac, descendirent une nouvelle rivière et atteignirent le grand lac des Hurons. Le périple avait duré près d'un mois.

* * *

Même si décembre approchait, le temps se fit plus doux. Le grand lac émerveillait Pierre. Cette mer d'eau douce était si vaste que les rives opposées demeuraient invisibles. Des truites longues de quatre pieds et des esturgeons de huit pieds filaient comme des éclairs sous les canots.

Agochin longea les rives et aborda au village d'Otouacha. Ahonque n'en croyait pas ses yeux. Le village était presque identique à celui d'Achelacy, où elle avait grandi il y avait de cela quatre-vingts ans. Comme tous les villages iroquoiens du Saint-Laurent, Achelacy avait disparu mystérieusement pendant le long séjour d'Ahonque en France.

Depuis son retour au Canada, elle cherchait vainement des traces de sa famille. Elle se demanda si ses frères et ses soeurs avaient abouti ici. Peut-être leurs descendants vivaient-ils en Huronie?

Les forêts majestueuses étaient percées de vastes clairières où le maïs, les fèves et les fleurs de tournesol devaient pousser pendant l'été. Les villageois habitaient de longues maisons semblables à des berceaux, tout comme sa maison natale.

Une ribambelle d'enfants accueillit les voyageurs. Ahonque aperçut un bambin, au visage rond et rieur, qui lui rappelait son petit frère Tackro. Elle le dévisagea et éclata en sanglots: c'était trop d'émotions. Pierre la serra dans ses bras.

Ahonque apprit vite à parler le huron. Elle donna ensuite des leçons à Pierre. Mais elle refusait d'aider Cadorette et Morel à communiquer avec les villageois.

— On t'a amenée ici pour que tu serves de truchement! rageait Cadorette.

— Qu'est-ce que j'aurai en retour? demandait Ahonque. De l'eau-de-vie?

Elle se plaisait beaucoup à Otouacha. Après toutes ces années d'errance, elle avait l'impression d'avoir enfin trouvé un endroit qui lui convenait. Pierre et elle furent tout de suite adoptés par une famille. On leur offrit les places les plus confortables de la maison.

Ahonque se tenait avec les femmes et les jeunes filles. Elle fabriquait des vases de glaise, pour cuire la nourriture, et les décorait de jolis motifs. Elle tressait des tapis avec des roseaux et des feuilles de maïs. Ou encore, elle confectionnait des colliers et des bracelets.

Pierre décida de célébrer Noël. Il amena son amie à l'écart et lui offrit des perles de verre qu'il avait apportées de Québec. Ahonque lui donna de magnifiques raquettes. Puis elle extirpa les bois magiques de son sac, les croisa et prononça ces mots: «Cerf, gratte la terre et fais ce que tu dois faire.» Aussitôt, ils rajeunirent tous les deux d'un an.

Pierre étrenna son cadeau dès le lendemain. Il passait le plus clair de son temps à la chasse et les raquettes étaient indispensables pour marcher sur la neige.

En janvier, le lac gela. Pierre le traversa avec un groupe d'hommes et de garçons pour aller piéger des castors. Un jeune Huron lui enseigna la meilleure technique.

Ils creusèrent des trous dans la glace et tendirent des filets d'une ouverture à l'autre. Pierre démontait les cabanes des castors pour les faire fuir vers les filets. Lorsque les rongeurs étaient coincés, les chasseurs tiraient sur les filets et les assommaient.

Un bon après-midi, les castors se montrèrent plus rusés que les trappeurs. Certains se sauvèrent et s'immobilisèrent sous la glace, le museau pointant dans une poche d'air. D'autres se réfugièrent dans une cavité profonde de la cabane. Aucun d'entre eux ne se dirigea vers les filets.

Pierre brisa la glace, se dévêtit et s'enfonça dans l'eau froide jusqu'à la taille. Il finit par percevoir un bruit très léger dans la cavité. Il plongea jusqu'à la base de la cabane et attrapa un castor par la queue. La pauvre bête se débattit, mais en vain.

Cet exploit valut à Pierre la réputation d'un brave chasseur. Il rayonnait de joie quand il revint au village, sa traîne sauvage remplie de castors.

— Si on continue comme ça, prévint un vieil Huron, il ne restera plus de castors dans les environs.

En effet, les hommes devaient aller de plus en plus loin pour les piéger, car ils avaient presque exterminé ceux qui peuplaient leur territoire. Les Hurons, peuple de marchands, se procuraient la plupart des peaux auprès des nations voisines. Ils troquaient leur surplus de maïs contre des fourrures. C'était un échange équitable.

Le chef du village, Orani, comptait bien descendre au printemps au sault Saint-

Louis ou à Québec, avec un groupe de chasseurs, pour vendre toutes les peaux aux Français. Pierre lui disait qu'il pourrait les échanger contre des couteaux, des haches, des chaudrons et d'autres outils de fer si pratiques.

Mais Cadorette et Morel ne l'entendaient pas ainsi. Belles et soyeuses, les fourrures s'accumulaient dans les maisons longues, et leur convoitise ne faisait que s'accroître. Ils rêvaient du moment où ils s'en empareraient. Ils salivaient à l'idée des énormes profits qu'ils en tireraient.

Morel élabora un plan simple et perfide. Il offrit de l'eau-de-vie à Orani, d'abord en petite quantité. Il lui laissa entendre qu'elle le ferait entrer dans le monde des rêves. La première fois que le chef huron y goûta, le liquide lui brûla la gorge et le ventre. Il s'étouffa et cracha.

Mais, petit à petit, il s'habitua à l'alcool. Quand il était ivre, il avait l'impression d'être tout-puissant. Il chantait, dansait, buvait et le monde lui apparaissait irréel.

Parfois, il buvait tant qu'il avait d'étranges visions. Il avait la certitude d'entrer en contact avec les esprits. En d'autres occasions, il agitait son casse-tête

et prétendait qu'il se battait contre des ennemis. Son comportement devenait tellement imprévisible que les gens du village avaient peur de lui.

Puis il s'effondrait sur le sol, comme un arbre mort, et dormait d'un sommeil agité, peuplé de cauchemars.

— Arrêtez de boire, le suppliait Pierre. Cela ne vous apportera que du malheur.

— Tu as raison, répondait Orani. Je ne boirai plus jamais de ce poison.

Mais, après quelques jours d'abstinence, Morel l'encourageait à recommencer. Le chef huron ne pouvait plus se passer d'alcool. Il en réclamait toujours plus.

— Cela ne peut plus durer, dit Ahonque à Pierre.

Ils se glissèrent en pleine nuit dans la maison qu'occupaient Morel et Cadorette. Les tonneaux étaient rangés sous leurs banquettes. Les deux amis n'eurent pas le temps d'en faire rouler un hors de la maison que Cadorette surgissait derrière eux. Il les fit valser par terre à coups de poing.

— Comptez-vous chanceux que je ne vous tue pas sur-le-champ, aboya-t-il. J'ai été le pire des imbéciles quand je vous ai amenés ici.

À la fin de l'hiver, près de trois cents peaux de castor étaient entreposées dans la maison d'Orani. Une vraie fortune de cuir et de poils.

Un jour, les glaces se disloquèrent sur le lac. Le lendemain matin, les peaux avaient disparu. À leur place se trouvaient trois tonneaux d'eau-de-vie.

Le bruit courut que les deux trafiquants français étaient partis dans deux canots avant le lever du soleil, accompagnés de quatre Algonquins.

Orani errait dans le village, l'air abattu.

Chapitre V
La poursuite

— C'est du vol! s'écria Ahonque en apprenant la nouvelle. Nous ne pouvons pas laisser faire ça!

De rage, Pierre arma son arquebuse et tira sur les tonneaux. L'eau-de-vie se déversa et imprégna le sol de terre battue. Orani était trop triste pour réagir. Presque toutes les familles lui en voulaient d'avoir cédé pour si peu les peaux si chèrement acquises.

— Il faut récupérer les fourrures! martela Ahonque. Les Français vous ont pillés.

— On ne peut pas, fit Orani sur un ton morne. Elles ne sont plus à nous, maintenant. Et elles sont bien loin.

Ahonque marcha d'un pas résolu vers les cabanes des Algonquins, ceux-là mêmes avec qui elle avait fait le voyage jusqu'en pays huron. Ils campaient hors du village, à la lisière de la forêt. Elle s'adressa à leur chef Agochin.

— Prêtez-moi un canot, dit-elle.

C'était un ordre plutôt qu'une prière.

— Pour faire quoi? s'informa Agochin.

— Pour attraper ces chiens de Français.

— Ton ami Pierre est français. Est-il un chien lui aussi? demanda encore Agochin, le sourire en coin.

— Il y a des êtres généreux et des mécréants chez les Français et chez les Hurons ou les Algonquins, répondit Ahonque. Des êtres stupides comme Orani et d'autres intelligents comme vous, ajouta-t-elle pour le flatter. Alors, me prêtez-vous un canot?

— Tu es encore une enfant et tu parles comme une vieille sage. Je ne peux rien te refuser.

Ahonque se rappela que c'était exactement ce qu'elle était: une enfant de onze ans qui avait une expérience de la vie de quatre-vingt-onze ans. Pierre lui avait enseigné à compter les années selon le calendrier chrétien. Le simple fait de penser à tout le temps qui s'était écoulé depuis sa naissance la plongeait dans la perplexité.

On était au printemps de 1615. Or, elle croyait être née vers 1524! Elle avait traversé tant d'épreuves et croisé tant de gens différents qu'elle pouvait désormais percer bien des mystères. Elle songea que Pierre avait suivi le même parcours.

C'est qu'ils en avaient acquis, des connaissances, pendant presque un siècle! Pourtant, ils gardaient tous les deux la capacité de s'indigner et de s'émerveiller. Ils restaient naïfs, même s'ils étaient devenus astucieux. Ils étaient à la fois jeunes et vieux, téméraires et sages, ignorants et savants.

Ahonque n'eut aucune difficulté à convaincre son ami de se lancer à la poursuite de Cadorette et de Morel. Ils n'avaient pas une minute à perdre. Les deux grands canots chargés de fourrures étaient conduits par quatre jeunes hommes forts et expérimentés, qui devaient pagayer à un rythme d'enfer.

De leur côté, Pierre et Ahonque avaient l'avantage d'avoir un canot court et léger. Ils n'avaient qu'une arquebuse, les bois magiques et un peu de sagamité à portager.

Ils avironnaient du matin au soir sans s'arrêter. Ils refirent à l'envers le trajet qu'ils avaient emprunté l'automne précédent. Assise à l'avant, Ahonque guidait

Trafic chez les Hurons

son ami. Elle semblait reconnaître chaque arbre et chaque rocher.

— Nous rapporterons ces peaux chez les Hurons, répétait-elle pour s'encourager.

Ils arrivèrent rapidement à la rivière des Outaouais. Ils cessaient de ramer seulement quand ils ne pouvaient plus rien voir. Ils faisaient alors chauffer la sagamité sur le feu et se blottissaient l'un contre l'autre sous le canot renversé. Le printemps n'avait pas fini de chasser l'hiver: les nuits étaient très froides.

Parfois, ils devaient sortir du canot et marcher sur les étendues de glace tantôt épaisse, tantôt mince. Un après-midi, la glace céda sous les pas de Pierre. Il grelottait de tous ses membres quand il s'extirpa de l'eau. Ahonque alluma un feu au début d'un sentier de portage et fit sécher ses vêtements.

— Jamais nous ne parviendrons à les rejoindre, fit Pierre, découragé.

— Mais oui, nous les rejoindrons, répliqua Ahonque. Je sais qu'ils ne sont pas loin.

— Et comment le sais-tu?

— Tu n'as pas remarqué? Je n'ai pas eu besoin de frotter du bois pour allumer le feu. Il restait des braises. Ils ont campé ici la nuit dernière. Ils nous devancent peut-être de quelques heures seulement.

Dans leur hâte, ils devinrent imprudents. Le lendemain, alors que le soleil déclinait dans le ciel, ils se lancèrent dans des rapides plutôt que de porter leur canot. Ahonque avait gardé le souvenir de rapides courts et peu dangereux, mais la fonte des neiges les avait transformés en succession de chutes et de seuils.

La frêle embarcation s'engagea dans la veine principale, une longue langue noire qui s'avançait entre les bouillons blancs jusqu'au coeur de la rivière. Devant Ahonque se dressait un mur de vagues plus hautes qu'elle.

Le canot fut propulsé dans les airs et piqua dans un remous. Pierre tentait tant bien que mal de zigzaguer entre les rochers et les amas de glace, mais le courant était beaucoup trop fort pour manoeuvrer sans heurts.

— Attention! cria Ahonque.

Un craquement se fit entendre. L'avant du canot se déchira sur une roche pointue. Ahonque disparut dans les tourbillons. Pour la deuxième fois en deux jours, Pierre se sentit projeté dans l'eau glaciale. Il eut le réflexe de s'agripper à l'embarcation.

La tête d'Ahonque émergea des flots. Elle montait et descendait tel un bouchon de liège. Tenant le canot d'une main, Pierre se dirigea vers elle. Il réussit enfin à saisir son bras. Il était temps, car elle allait se noyer. Peu après, il sentit qu'il avait pied.

Les eaux furieuses se calmèrent. Ils purent gagner la berge. Le canot cassé en deux ne tenait que par un bout d'écorce. Heureusement, Pierre avait son arquebuse en bandoulière. Et Ahonque n'avait pas perdu les bois magiques. Mais ils n'avaient plus de sagamité, ni d'avirons.

À cet endroit, la rivière s'évasait et formait une sorte de lac. Ahonque aperçut, très loin, la lueur d'un feu.

— Ils sont là-bas! dit-elle.

Ses idées se bousculaient dans sa tête.

— Entrons dans la forêt. Je vais faire un feu, mais ils ne doivent pas nous voir. Tu chercheras de la résine et de nouvelles écorces pour réparer le canot. Pendant ce temps, je vais marcher jusqu'à leur campement.

— Et que feras-tu, toute seule?

— Je prendrai les peaux et les cacherai. Ensuite, nous attendrons. Ils penseront sûrement que des Iroquois les ont volées et ont descendu la rivière vers leur territoire.

— Toi, reste ici, et moi, je vais prendre les peaux. Je pourrai les ramener jusqu'ici.

— Non! Tu ferais beaucoup trop de bruit.

— Mais après toutes ces années, j'ai appris à marcher en silence comme vous, les Sauvages! grommela Pierre, qui sentait la moutarde lui monter au nez.

— Ils retrouveraient tes traces très vite. Je suis plus légère que toi. Je saurai cacher les peaux sans laisser de traces.

— Tu seras incapable de lever les ballots de peaux! Ils sont beaucoup trop lourds!

— Pour qui me prends-tu? Une faible petite Française?

En vérité, la mission était très périlleuse. Autant Pierre qu'Ahonque se pensait le meilleur pour l'accomplir. Chacun refusait que l'autre coure le risque d'être capturé.

Pourtant, il fallait bien que l'un des deux reste sur place pour réparer le canot.

Pour mettre fin à leur dispute, ils décidèrent de laisser le hasard choisir. Pierre cassa deux petites branches et les serra dans sa main. Ahonque tira sur la plus longue: c'était donc elle qui irait dérober les peaux.

Elle fit un feu, se sécha et disparut dans la nuit. Pierre entreprit de réparer le canot et de fabriquer des avirons avec son couteau. Il fit sécher les pièces de son arquebuse et la poudre à fusil.

Il était dévoré d'inquiétude.

* * *

Ahonque longea le lac à l'abri des arbres. Elle se compta chanceuse qu'il n'y eût pas de lune. Elle se cacha en arrivant près du campement. Ses yeux s'étaient habitués à l'obscurité: elle observa avec attention les lieux.

Le feu mourait sur la berge. De faibles flammes éclairaient par intermittence les ballots de peau. Les quatre Algonquins et Morel dormaient sous les canots. Cadorette était adossé à un arbre, près du

feu, l'arquebuse sur les jambes. Il devait
monter la garde, mais il s'était assoupi.
Immobile, Ahonque écouta ses ronfle-
ments réguliers.

Elle devait agir avec audace et vitesse. Elle marcha vers un ballot sans faire aucun bruit et réussit à le hisser sur son dos. Elle se traîna en silence vers un rocher, à bonne distance du campement. Elle déposa son lourd fardeau, le dissimula sous des branches et de la mousse, puis elle revint près du feu.

Les cris jaillirent lorsqu'elle s'empara du deuxième ballot. Huit guerriers iroquois surgirent de la nuit. Elle sentit qu'on la tirait par les cheveux. Elle se débattit, mais reçut un coup de massue sur le crâne. À moitié assommée, elle s'écroula sur le sol.

Son regard se voila. Comme dans un songe, elle vit Cadorette brandir son arquebuse et tirer à bout portant sur un Iroquois. Mais un autre guerrier se jeta sur lui et l'assomma à son tour. Morel reçut un coup de javelot en plein coeur.

Les quatre Algonquins tentèrent de s'enfuir. Ils furent transpercés de flèches. Ahonque s'évanouit.

Chapitre VI
Le canot volant

Pierre attendit le retour de son amie toute la nuit. Le lendemain matin, n'en pouvant plus, il longea le lac. Il s'approcha en silence du campement. La scène le glaça d'horreur. Les cadavres de Morel et des Algonquins gisaient près du feu éteint. Leur cuir chevelu avait été arraché.

Il fouilla les environs à la recherche d'Ahonque. Il marcha des heures comme un automate. Il n'avait pas peur d'être attaqué. Une seule peur l'habitait, celle de ne plus jamais revoir son amie.

L'âme en peine, il revint à son canot et le mit à l'eau. Il ne savait pas quoi faire. Il ne savait pas quelle direction prendre.

À quoi bon retourner au pays des Hurons? Il se laissa porter par le courant. Puis, plus par habitude que par volonté, il se remit à pagayer.

Il ne mangeait pas, car il n'avait pas faim. Il ne dormait pas, car un cauchemar le réveillait aussitôt. Il n'avait plus aucune énergie. Il se sentait complètement indifférent à son sort.

Une vague de froid submergea la vallée. Même si c'était le printemps, la neige tomba en rafales. Le canot dériva au pied d'une falaise, dont le sommet se perdait dans le ciel blanc.

Des dessins, peints à l'ocre rouge, ornaient des pans de rocher. Ils représentaient un aigle, un cercle, des canots montés d'individus et un archer. Pierre s'étendit sur la plage de cailloux et songea que l'aigle l'emportait dans le pays où vivait Ahonque. Ce pays des morts dont elle lui avait déjà parlé.

Il ferma les yeux. Le froid engourdissait ses membres. Pour la première fois depuis des jours, il s'endormit profondément.

Il faillit bien ne jamais se réveiller. Mais au bout d'un certain temps, un souffle chaud glissa sur son cou telle une caresse. Cette sensation était si étrange, et pourtant si agréable, qu'il crut avoir atteint le pays des morts. Un renâclement le fit sursauter.

De grands yeux noirs, cerclés de poils blonds, le dévisageaient. Le cerf appuya son museau sur le nez de Pierre.

— Toi, ici! s'exclama le garçon. Voilà trente ans qu'on ne t'a pas vu! Est-ce que nous sommes morts tous les deux?

— Bien non, petit idiot, répondit l'animal. Nous sommes bien vivants. Et Ahonque aussi.

Pierre roula sur le côté.

— Que lui est-il arrivé? demanda-t-il.

— Les Iroquois l'ont fait prisonnière. Rassure-toi: ils ne lui feront pas de mal.

— Guide-moi vers elle!

— Tu ne pourras pas la délivrer tout seul. Bouge un peu, lève-toi! gronda le cerf. Si tu restes couché, tu vas en effet mourir de froid!

Pierre s'adossa à la falaise. Le cerf poussa ses flancs contre lui en remuant sa tête ornée de bois majestueux. Pierre sentait une bienfaisante chaleur imprégner son corps.

— Tu vois cet aigle rouge? demanda l'animal.

— Oui, je le vois.

— Eh bien, il te transportera jusqu'à Québec. Là-bas, tu pourras reprendre des forces. Et le destin t'amènera jusqu'à Ahonque.

— Mais cet aigle est un dessin!

— Monte dans ton canot et fais-moi confiance.

Pierre obéit.

— Dirige-toi vers le milieu de la rivière et ne te retourne pas.

Pierre ne posa pas de questions. Son coeur s'emplissait de joie. Il rama en droite ligne. Soudain, une violente bourrasque déferla sur l'eau. Un tourbillon de neige l'aveugla. Il sentit une force invisible aspirer le canot vers le ciel.

Les nuages se dissipèrent et il sentit la chaleur du soleil dans son dos. Il se pencha au-dessus des plats-bords. Les forêts, les lacs et les rivières défilaient à toute

Trafic chez les Hurons

allure sous lui. Il était à la fois effrayé et émerveillé.

— Je vole! cria-t-il. Je vole aussi haut que les oiseaux!

Il reconnut le sault Saint-Louis, puis l'ancien emplacement d'Achelacy. Le soir tombait lorsque le canot se posa, tout en douceur, devant Québec.

* * *

Ahonque et Cadorette voyagèrent plusieurs jours vers le sud. Ils avaient tous les deux les poings liés. Leurs ravisseurs se montraient de fort bonne humeur. Ils riaient sans cesse et se moquaient les uns des autres.

Ils multipliaient les attentions envers leurs captifs. Ils s'assuraient qu'ils n'aient ni froid ni faim. Pourtant, l'estomac noué par l'inquiétude, Cadorette en vint à ne plus rien pouvoir avaler. Un des Iroquois crut qu'il était malade et tenta, bien en vain, de stimuler son appétit avec des infusions.

Le soldat français, d'habitude si arrogant, tremblait comme un petit chien dans une tempête. Il posait sans arrêt la même question à Ahonque:

— Crois-tu qu'ils vont nous torturer?

Et chaque fois, Ahonque lui servait la même réponse, franche et directe:

— Vous, oui. Moi, je ne sais pas.

Les Iroquois torturaient la plupart des hommes qu'ils capturaient, et adoptaient généralement les femmes et les enfants. En cela, ils n'étaient ni meilleurs ni pires que les autres: tous les peuples autochtones du nord de l'Amérique se comportaient ainsi.

Cette explication, bien sûr, ne faisait qu'accroître la terreur de Cadorette. Ahonque ne faisait rien pour l'apaiser. Elle-même ignorait ce que lui réservait l'avenir. Elle était prête à mourir si tel était son destin. Cependant, l'idée de quitter Pierre sans lui faire ses adieux la plongeait dans une infinie tristesse.

Elle se mit à chanter les complaintes qu'elle avait apprises, toute petite, dans son village d'Achelacy. Sa voix, claire et pure, portait loin. Ses ravisseurs l'écoutaient en pagayant. Si elle faisait une pause, ils la suppliaient de continuer.

Les guerriers et leurs deux prisonniers furent reçus par des cris de joie à la bourgade du lac Onondaga. Il s'agissait d'un village fortifié, ceinturé par quatre palissades hautes de trente pieds.

Ahonque et Cadorette furent enfermés sous bonne garde dans une maison longue. Les jours se succédaient et ils ne savaient toujours pas ce qu'il adviendrait d'eux.

Le chef de la bourgade, Noqhwa, hésitait. Il estimait que les Français devaient se mêler de leurs affaires, plutôt que de soutenir ses ennemis hurons et algonquins. Mais il ne tenait pas à se les mettre à dos. Au contraire, il souhaitait commercer avec eux.

Il envisageait même de renvoyer Cadorette à Québec en guise de geste de bonne volonté. Constatant que Ahonque comprenait sa langue, il s'adressa à elle.

— Demande au Français s'il accepte de nous aider.

Ahonque ne se pressa pas pour traduire. Elle espérait secrètement que Cadorette resterait prisonnier. De cette façon, estimait-elle, il ne pourrait nuire à personne.

Mais le chef iroquois insista et elle dut s'exécuter. Le soldat français répondit avec enthousiasme. Une occasion en or lui était offerte.

— Je suis prêt à n'importe quoi, s'exclama-t-il. Même à lui fournir des armes!

Ahonque refusa de traduire cette proposition.

— Allez, transmets-lui mon offre! cria le soldat.

— Non.

Cadorette pria Noqhwa de lui délier les poignets. Il mima les gestes d'un tireur et imita le bruit d'une explosion. Il lui fit comprendre qu'il pouvait lui livrer des fusils et de la poudre.

— Ce Français ment comme il respire, dit Ahonque à Noqhwa. Il ne tient aucune de ses promesses.

— Qu'est-ce que tu lui racontes? demanda Cadorette.

— Je lui conseille de se méfier de vous.

Cadorette refoula son envie de la gifler.

— Petite vipère! maugréa-t-il. Tout ce que tu veux, c'est mon malheur!

— Celui qui distribue le malheur ne mérite que le malheur.

Noqhwa fit signe au gardien d'attacher le soldat. Il voulait réfléchir et consulter les siens.

Le lendemain, un incident détourna son attention vers des préoccupations beaucoup

plus graves. Son plus jeune fils s'amusa à grimper sur les palissades et fit une chute. Sa tête heurta le sol dur. Il perdit connaissance.

Pendant des jours, les villageois dansèrent autour de lui. Rien n'y fit. Le jeune garçon respirait calmement, son coeur battait régulièrement, mais il gardait les yeux fermés.

Le drame parvint aux oreilles d'Ahonque.

— Va chercher Noqhwa, dit-elle à son gardien.

Le chef, accablé de douleur, vint la retrouver.

— Que me veux-tu? demanda-t-il.

— J'ai appris que votre fils était entre la vie et la mort.

— Est-ce pour me dire cela que tu me déranges?

— Je peux le sauver.

— Vraiment?

— Vraiment.

Noqhwa lissa la peau ridée de son visage.

— Si tu dis vrai, tu auras la vie sauve et je t'adopterai, annonça-t-il. Si tu mens, tu connaîtras la torture et la mort.

— Déliez mes poignets, supplia Ahonque. Et redonnez-moi ces bois de cerf que vos guerriers m'ont pris.

Chapitre VII
La bataille

Après presque deux ans d'absence, Samuel de Champlain accosta sur les rives du Saint-Laurent. Il débarqua à Tadoussac le 25 mai 1615 et se rendit immédiatement à Québec. La garnison salua le retour du commandant en faisant tonner le canon.

Pierre avait confiance en Champlain. Il lui raconta ses mésaventures. Le commandant fit trembler la table avec son poing en apprenant que Morel et Cadorette avaient troqué de l'alcool contre des fourrures.

— Ces misérables! s'exclama-t-il. Ils savaient très bien que le trafic d'eau-de-vie est interdit! Ils méritent le fouet!

— Morel est mort, lui rappela Pierre. Et Cadorette est aux mains des Iroquois...

— J'espère qu'ils lui caresseront les côtes avec des braises fumantes!

— Et Ahonque?

— Qui?

— Mon amie Ahonque...

— Je n'y peux rien, mon garçon. Mais si tu veux me suivre, je dois sceller notre alliance avec les Hurons en attaquant les Iroquois. Nous parviendrons peut-être à la libérer.

Les préparatifs de voyage durèrent deux mois. Pierre ne tenait pas à participer aux combats. Cependant, son seul espoir de retrouver Ahonque était de se rendre chez les Iroquois.

* * *

Pierre remonta le Saint-Laurent et l'Outaouais avec Champlain et dix Algonquins, répartis dans deux grands canots. Un jeune Français, Étienne Brûlé, était du voyage. Enjoué, parlant couramment les langues autochtones, Brûlé était aimé de tous. Il traitait Pierre comme un petit frère.

— Nous la retrouverons, ton Ahonque! disait-il pour le réconforter.

Ils atteignirent enfin Otouacha, porte d'entrée du pays huron. Pierre fut heureux de revoir les jeunes gens avec qui il avait chassé le castor pendant une bonne partie

Trafic chez les Hurons

de l'hiver. Plusieurs d'entre eux lui promirent de libérer Ahonque par tous les moyens.

Ils l'informèrent que le village s'était réuni après son départ. Les habitants étaient en colère contre le chef Orani, parce qu'il avait cédé des fourrures contre de l'eau-de-vie. Ils avaient obtenu sa destitution. Orani voulait maintenant laver son honneur à la guerre.

Champlain ne s'attarda pas au village. Il rejoignit plus loin douze Français qui l'avaient devancé. Des centaines de Hurons portant des armures, des boucliers, des arcs, des massues et des javelots affluaient de toutes parts.

L'armée se mit en branle. À la mi-octobre, après un long périple sur les rivières et dans les forêts, elle se présenta devant le fort iroquois du lac Onondaga, là même où Ahonque était prisonnière.

* * *

Sans plus de préparation, Hurons et Algonquins se lancèrent à l'assaut du village fortifié. Impatients et fougueux, ils ne prirent pas le temps de planifier une stratégie. C'était une erreur. Ils furent vite repoussés par les Iroquois, mieux entraînés à la guerre.

Pris de court, les Français intervinrent avec leurs arquebuses. Les Iroquois se réfugièrent dans leur forteresse et les arrosèrent de flèches. La moitié des Français furent blessés. Ils se cachèrent dans les bois. La bataille s'engageait mal.

Les Iroquois profitèrent de cette trêve pour renforcer leurs défenses. Toute la nuit, ils hissèrent de lourdes pierres au sommet des palissades afin de pouvoir assommer leurs assaillants. Ils aménagèrent aussi des gouttières. Si leurs ennemis tentaient de mettre le feu aux palissades, il leur suffirait de l'éteindre avec l'eau puisée dans le lac.

Ahonque se demanda si Pierre se trouvait parmi les Français. Dès que l'occasion se présenterait, elle s'enfuirait. Noqhwa avait été très impressionné lorsqu'elle avait guéri son fils, grâce aux bois magiques. Depuis, il lui permettait de circuler librement dans le village, mais pas d'en sortir.

Champlain profita aussi de la nuit pour préparer l'assaut. Il fit construire un échafaudage encore plus haut que les palissades.

Dès l'aube, trois Français se juchèrent à son sommet et reprirent leurs tirs d'arquebuse.

Les Iroquois n'avaient pas d'armes à feu, mais ils se défendaient avec acharnement. Courageux, ils sortirent du fort et lancèrent des volées de flèches.

Pierre avait une seule tâche: secourir les blessés. Ils étaient nombreux. Champlain reçut une flèche dans une jambe, une autre dans le genou. Orani fut aussi atteint.

Pierre courait, prenait les blessés sous les bras et les traînait vers un bosquet. Les flèches sifflaient à ses oreilles, les pierres tombaient à côté de lui, les coups de massue pleuvaient sur les uns et les autres, mais il bravait le danger.

Les Hurons et les Algonquins se replièrent bientôt. L'armée alliée n'avait pas réussi à démolir les palissades. La défaite était cinglante. Épuisé, Pierre s'étendit derrière un arbre. Les Français continuaient à faire feu, afin d'empêcher les Iroquois de trop s'approcher. L'odeur de la poudre le prenait à la gorge.

Une voix claire le sortit de sa torpeur:
— Pierre!

Ahonque avait le visage barbouillé de suie et de poussière. Elle haletait.
— Vite! Partons d'ici!

Chapitre VIII
La chance
change de camp

Un an s'était écoulé depuis que Cadorette avait entrepris son voyage chez les Hurons avec ses tonneaux d'eau-de-vie. Le soldat était de retour à Québec.

De nouveau, des milliers de tourtes voilaient le ciel froid de l'automne, en direction des chauds marécages du Sud.

Cadorette se réjouissait de sa bonne fortune.

— Malherbe! Un autre verre! ordonnat-il, en exhibant ses dents jaunes et cariées. Buvons à ma chance!

En effet, il pouvait se compter chanceux. Le chef iroquois du lac Onondaga, Noqhwa, l'avait libéré en septembre, un mois avant l'attaque de son village par Champlain et les Hurons. Il lui avait prêté un canot et deux jeunes pagayeurs.

Cadorette avait traversé le lac Champlain et descendu la rivière aux Iroquois[6]

---

6. Maintenant la rivière Richelieu.

et le fleuve Saint-Laurent jusqu'à Québec. Seul un petit groupe de Français, dont Malherbe, défendait l'habitation fortifiée.

— Ces idiots d'Iroquois m'ont fait prisonnier, puis ils m'ont laissé partir parce que je leur ai promis que je leur rapporterais des armes, expliqua Cadorette, en vidant son verre.

— Ils ont cru en ta parole! s'exclama Malherbe.

— Le plus beau de l'affaire, c'est qu'ils m'ont redonné les peaux de castor. Je les ai convaincus que j'en avais besoin pour acheter des arquebuses et de la poudre.

— Formidable! Et Morel?

Cadorette enfonça son doigt dans son cou, à la façon d'une flèche.

— Mort! répondit-il.

Malherbe et les deux autres factionnaires qui trinquaient avec eux firent le signe de croix.

— Champlain est-il revenu de France? s'enquit Cadorette, soudain soucieux.

— Oui, mais il est aussitôt reparti chez les Hurons. Il devrait revenir ici avant la fin de l'automne.

— Je vais me dépêcher de vendre mes peaux avant son retour.

— Tu as vraiment beaucoup de chance, déclara Malherbe. Un bateau devrait arriver dans les prochains jours. La traite n'a pas été très bonne cette année. Les marchands manquent de fourrures: ils vont t'offrir un bon prix.

— Trinquons encore!

La semaine suivante, un bateau mouilla dans la rade de Québec. Cadorette négocia ses peaux directement sur le pont. Il les vendit pour une jolie fortune. Il fit sonner ses pièces d'or dans sa bourse et en utilisa une partie pour racheter des tonneaux d'eau-de-vie.

Comme l'automne précédent, des Algonquins remontaient le fleuve depuis Tadoussac. Il se joignit à eux pour un nouveau périple en Huronie.

— Fais attention à Champlain, lui conseilla Malherbe. Tu vas passer un mauvais quart d'heure si tu le croises sur le fleuve. À l'heure qu'il est, les Hurons ont dû l'informer que tu leur as donné de l'eau-de-vie. Il pourrait te faire arrêter.

— Champlain, j'en fais mon affaire, répondit Cadorette. Les Iroquois aussi. J'ai une bonne amie qui me protège, mon vieux Malherbe. Elle s'appelle madame la Chance. À l'année prochaine!

* * *

Cadorette avait commis une erreur. Quand il avait appris sa libération, il s'était moqué d'Ahonque. Ce faisant, il avait trop parlé.

— Je m'en vais, petite vipère. Et toi, tu restes ici. Prisonnière. Devine ce que je vais faire, de retour à Québec?

Ahonque était restée de glace.

— Vendre les peaux, racheter de l'eau-de-vie et retourner chez les Hurons! Je vais faire fortune, mon enfant. Fortune! Dans cinq ans, je serai riche à craquer. Je pourrai alors quitter ce pays de Sauvages et finir mes jours dans un château en France!

Ahonque entendait encore son rire gras résonner dans ses oreilles.

Elle avait profité de la confusion générale et s'était évadée, pendant le siège du village iroquois. Puis elle avait convaincu Pierre de repartir à la poursuite de Cadorette.

— Il faut le retrouver et percer ses maudits tonneaux! s'était-elle écriée. Si Cadorette a mis ses plans à exécution, il doit déjà avoir quitté Québec pour la Huronie, avec des tonneaux remplis d'eau-de-vie! Il faut faire vite!

Pierre et elle pagayaient avec vigueur dans le minuscule canot qu'ils avaient fabriqué en toute hâte. Le soleil couchant jetait des taches rouges sur les eaux calmes du lac Champlain.

— Arrêtons-nous pour la nuit, suggéra Pierre.

— Pas maintenant!

Ils empruntèrent la rivière aux Iroquois et débouchèrent sur le fleuve deux jours plus tard. Il faisait nuit lorsqu'ils accostèrent sur une île.

Cette fois, ce fut Pierre qui aperçut un feu, au loin, sur une presqu'île. Ici comme à Québec, les tourtes striaient le ciel et menaient un vacarme assourdissant.

— Approchons-nous en silence, suggéra Ahonque.

— Il y a une chance sur cent pour que ce soit Cadorette, marmonna Pierre.

— Mais cette chance, il ne faut pas la rater. Avec le cri des oiseaux, personne ne nous entendra. Si ce n'est pas Cadorette, eh bien tant pis! Jeter un coup d'oeil ne nous coûtera rien.

Ils attendirent que le feu s'éteigne. Ils traversèrent un bras du fleuve et cachèrent le canot dans des joncs. Puis ils marchèrent doucement vers le campement.

Les Algonquins, selon leurs habitudes, avaient dressé une cabane sommaire pour dormir à l'abri.

Et c'était bien Cadorette qui se trouvait avec eux. Étendu sous un canot, couvert de fourrures, il ronflait. Trois tonneaux d'eau-de-vie étaient posés sur le sol, à ses pieds.

La chance qui l'avait accompagné pendant un an se retournait subitement contre lui.

Ahonque prit l'arquebuse et la pointa vers sa tête. L'arme n'était pas chargée, mais Cadorette ne pourrait pas le deviner s'il se réveillait, se dit-elle.

Mais il dormait profondément.

Pierre hissa un tonneau sur son épaule. Il recula lentement, traversa la presqu'île et en vida le contenu. Il le remplit d'eau, remit le bouchon, essuya l'ouverture avec des feuilles et remit le tonneau à sa place. Ahonque tenait toujours Cadorette en joue, mais le soldat ne bronchait pas.

Pierre recommença l'opération avec les deux autres tonneaux. Il n'avait pas en-

core terminé que Cadorette se mit à grogner. Il se tourna sur le côté et se découvrit en partie. C'est alors que Ahonque aperçut une bourse, attachée à sa ceinture.

L'occasion était trop belle.

Pierre prit l'arquebuse à son tour. Ahonque délia la bourse, s'empara de toutes les pièces de monnaie et remplit la bourse avec des cailloux.

Puis les deux enfants retournèrent vers leur canot, ni vu ni connu.

* * *

Cette histoire s'est déroulée il y a presque quatre cents ans. Chaque Noël, depuis toutes ces années, Pierre et Ahonque croisent les bois magiques et rajeunissent d'un an. Chaque Noël, ils imaginent la scène de Cadorette se demandant par quel miracle son or était devenu caillou et son eau-de-vie s'était transformée... en eau.

Pierre et Ahonque

Table des matières

Découvrez les autres séries de la courte échelle

Hors collection Premier Roman

Adam Chevalier
Babouche
Clémentine
Fred, volume 1
FX Bellavance, volume 1
Les jumeaux Bulle, volumes 1 et 2
Marcus
Marilou Polaire, volumes 1 et 2
Méli Mélo, volume 1
Nazaire
Pitchounette
Sophie, volumes 1 à 3

Hors collection Roman Jeunesse

Andréa-Maria et Arthur, volumes 1 et 2
Ani Croche, volumes 1 et 2
Catherine et Stéphanie, volumes 1 et 2
Germain
Maxime, volume 1
Mélanie Lapierre
Notdog, volumes 1 à 5
Phil et Robert
Rosalie, volumes 1 à 3

Achevé d'imprimer
en février deux mille quatorze, sur les presses
de l'imprimerie Gauvin, Gatineau, Québec